金子光晴を読もう

野村喜和夫

未來社

金子光晴を読もう★目次

水のなかの水の旅立ち……。

——金子光晴『水の流浪』

装幀——伊勢功治

金子光晴を読もう

序章　『ねむれ巴里』の一節から

1　金子光晴のアクチュアリティ

金子光晴を読もう。それはしかし、なによりも私自身への呼びかけであり、促しです。

若い世代はともかく、ある年代以上で金子光晴の名前を知らない人はあまりいないでしょう。詩にそれほど関心がなくても、この詩人の存在は知っているという人も多いのではないでしょうか。なんといっても昭和期の大詩人です。つい最近も、金子光晴研究の第一人者原満三寿による大部な評伝、これは大変な労作ですが、★1それからまた、詩人の長男森乾による興味深い回想録★2などが相次いで刊行されました。何よりもそして、たとえばランボーがそうであるように、生涯そのものが群を抜いてユニークで波瀾に富んでいるということ、それが大方の関心の持続を作り出しているようです。

そう、反骨流亡の詩人金子光晴、というわけです。その若き日の世界放浪、妻森三千代との愛憎劇、戦争期に屹立した抵抗詩や反戦詩の数々、そして戦後、瘋癲老人としてマスコミを賑わしたそのエロティシズムへの傾き。けれども、そうした詩人観があまりにも流布したために、かえってその作品自体は――とりわけその詩は――読まれなくなっているということはないでしょうか。もしそうだとすると、同じ詩を書く者として、私にはとても残念に思われます。ばかばかしいくらい当たり前のことですけれど、詩人はやはり、詩を読まれてこそ詩人なのですから。いや、かくいう私も、つい数年前まで、金子光晴理解はほとんど通念の域を出ず、その詩作品にも選詩集やアンソロジーなどでときおりふれることがある程度でした。

もちろん、『鮫』や『女たちへのエレジー』が近代詩史上屈指のすぐれた作品群であることに異論はありませんでした。その言葉のリアルな喚起力には独特のものがあり、それがそのまま社会批判になりおおせているさまは、どちらかといえばか弱い抒情主体の嘆き節の場であった日本近代詩にあって、真に希有なことでしょう。それでもしかし、同じ近代詩でいうなら、萩原朔太郎という存在はパイオニアとして別格としても、西脇順三郎の『ambarvalia』や宮沢賢治の『春と修羅』、あるいは中原中也のいくつかの絶唱などのほうがポエジーとして上だろうと思っていましたし、それらに比べると、金子光晴の詩はどこか冗漫で、散文的で、いまひとつ乗り切れないところがありました。

ところが、最近になって、といっても一九九〇年代後半以降ということですが、不思議にこの詩人のことが気になるようになったのです。なぜでしょう。いきなりマクロな視点から言うなら、冷戦構造の終結を起点にグローバリゼーションとその抵抗の時代へと世界が大きく変わりつつあった九〇年代後半以降、民族や言語や共同体についてのさまざまな近代性が問い直されるようになりましたが、そうしたなかにあって、あたかもどこにも帰属する場所を求めずに書き続けたかのような詩人金子光晴の存在が、奇妙に新鮮にまた意義深くみえはしないか。そういう問いかけ、というか直観がありました。

また昨今、日本にかぎっていえば、「失われた十年」とか何とか、たかだかバブル経済が崩壊し、あるいは経済戦争に負けたからといって、またぞろアイデンティティのぐらつきのなかに踏み迷ってしまったような「日本人」の、なんと多いことでしょう。つまり、さきの戦後（第二次世界大戦の戦後）とは別の戦後が始まっているというわけですが、金子光晴の作品は、さきの戦前戦後においてそうだったように、安易にアイデンティティを希求したり喪失したりするそのような「日本人」を、さらにアイロニー（距離の創出）という高度な笑いで打ちのめし、アイデンティティの蟻地獄とは別種の精神の自由を提示しているかのようです。

「かへらないことが
最善だよ。」
それは放浪の哲学。★3

『女たちへのエレジー』に所収の名高い「ニッパ椰子の唄」から引きました。この「放浪の哲学」を、より今ふうに移動というタームで語ることもできます。旅あるいは移動を、近代において金子光晴ほど広くかつ意味深く果たした詩人はいないでしょう。どのくらい移動したのかはあとの「伝記のおさらい」の項で紹介しようと思いますが、移動しつつ差異を経験し他者に学ぶというその積み重ねが、『こがね虫』や『鮫』や『女たちへのエレジー』をもたらしたのです。これは日本近代文学史上真に特異なことです。というのは、明治以降にあって移動は、高村光太郎にその典型をみるように、西洋への憧憬とコンプレックスとをそのまま反転させて、奇怪な日本回帰の姿勢を生むのが常だったからです。光晴はちがいます。マレー半島、ジャワ、スマトラといった欧米列強の植民地を経めぐりながら、単純な矛盾や対立には解消できない支配被支配の現実を目の当たりにします。そしてそのことが、同じ構造を反復する日本帝国主義への反抗、すなわち反戦詩へと結実し、また混血と雑種性を生き抜くことに唯一の解決手段を見出そうとするある種のクレオール志向をも促してゆくのです。そう、きいたふうにいえば、ひところ知の世界で声高に主張されたポストコロニアルもクレオールも、あるいはまた共同体批判も、この『マレー蘭印紀行』の詩人にとっては先刻承知の事柄にすぎなかったのかもしれません。『女たちへのエレジー』の中核を成す「南方詩集」の序で、詩人はこう書き記しています。

かへつてこないマストのうへで
日本のことを考へてみたいな。[★4]

もちろん移動はたんに現実の地理的なレヴェルでのみ行なわれるのではありません。その後も詩人は、いわばヴァーチャルに移動をつづける者の立場から自己や共同体を徹底的に見据えつづけたのです。とするならば、この閉塞の時代を生きるわれわれ、いやもしかしたら時代の転換期へと晒されているわれわれの大いなる先達、それが金子光晴なのではないか。ひそかにそのようにも、私は思い始めています。

けれども、詩は思想の乗り物ではありません。共同体批判であれ何であれ、詩が詩として輝いていなくては、あるいは面白くなければ、どうにもなりません。さいわい、いまあらためて金子作品を読み直してみると、そのあたりのバランスがとてもよくとれているように感じられるのです。

金子詩は、いわゆる「純粋詩」の試みやモダニズムの実験におけるような言葉の無償性への信憑とは無縁です。つまり逆にいえば、詩のためだけの言葉なんてどこにもない。言葉は最初から手垢にまみれていて、あるいは少なくとも人間臭くて、相手を説得したり脅したり口説いたりという伝達の欲望にどうしようもなくみちみちている。そういう醒めたところから金子詩は起動しています。だからといってしかし、メッセージ性のために言葉の肉体を犠牲にしてしまうという類のものでもありません。伝達の欲望と一体になった奇妙な官能性があります。そのうえ、金子ワールドそれ自体が思いのほか多様かつ豊かで、順三郎ワールドや賢治ワールドにはない作品の幅というものを与えてくれます。早い話が、初期の代表詩集『こがね虫』と戦争期の傑作『鮫』とが同じひとりの詩人によって書かれたということ自体、日本近代詩にあってはかなりの驚きであり、奇跡に近いことのように思われるのです。

たとえば萩原朔太郎には、晩年に『氷島』という特異な鈍い輝きがありますけれど、その伝統回帰的な詩的言語の転回は評価の分かれるところでもあり、結局のところ『月に吠える』一冊だと言っても過言ではないでしょう。西脇順三郎も『ambarvaria』から『旅人かへらず』へと変化しましたが、それはあくまでも西脇詩学というゆるぎない大伽藍のなかでの光と影というにすぎません。宮沢賢治や中原中也は、変化云々という以前に夭折してしまいました。こうしてみてくると、金子光晴ぐらい大きく豊かに変化した詩人はいないということになり、その転回が孕む面白さはちょっと譲れない感じがします。

加えて、さきほど金子詩を称して散文的と言いましたが、これも読み直してみると必ずしも作品の質を貶めるマイナスイメージとばかりはいえず、むしろある種の作品においては、かえって散文性こそが他の輝かしい近代詩の達成とは別種の輝きを与えているかのようです。散文性とは、詩法としての隠喩に頼らない特異な金子ワールドを形成するキーコンセプトであるかもしれず、そのようなものとしてさらに、近現代詩そのものを超えてゆく契機をさえ孕んでいるのかもしれないのです。
考えてみれば、いわゆる戦後詩というものの詩学が、金子詩と対極をなすように隠喩を中心に据えていたわけで、[★5]そういう戦後詩が意味をもっているうちは、金子光晴もあまり問題にならなかったといえるかもしれません。事実、田村隆一——この戦後詩の代表選手——はあるところでつぎのように述べています。

ぼくが詩を書き出した頃は、戦前、戦中、戦後をふくめて、金子さん的な世界にはまったく興味がなかった。なんか泥臭いところがあったからね。（……）ところが十五年ぐらい前からかな、非常に重要だということがわかってきた。飯島耕一たちが「金子光晴、金子光晴」と騒いだことも、詩の流れの意味から言えばよくわかることなんです。それは「荒地」に対するリアクションなんだ。「荒地」のグループの詩は、金子さん的なドロドロしたものを切り捨てていって成り立った世界だったわけで、そのリアクションで、飯島や大岡や安東次男が「金子光晴、金子光晴」と言い出したように思う。[★6]

この発言は一九七〇年代半ばのものですが、なるほどそういうことだったのかと頷かせる内容です。そうしてまた二十年以上が経ち、戦後詩はいよいよ歴史化されて、舞台の前面から遠く退きました。そのような時代に詩を読み、詩を書いている私のような者にとって、隠喩中心的でない金子ワールドが気になるようになったといっても、格別不思議なことではないのかもしれません。

ついでに言えば、「そのリアクションで」云々で挙げられている詩人、飯島耕一や大岡信や安東次男がすべて仏文学系ないしはそれに近いポジションだというのも、なかなかに意味深長です（ここで名前は挙げられていませんが、岩波文庫版『金子光晴詩集』を編むなどして傾倒ぶりを示した詩人清岡卓行も同じ仏文学系でした）。金子光晴もまた仏文学系だったから、ではありません。その逆です。周知のように、日本近代詩に与えたフランス象徴主義の影響には測り知れないものがあり、光晴もまたその例外ではありませんでしたが、詩人としての本領は、むしろ逆に、象徴主義の圏域そのものを大きく超え出てゆく方向に発揮されました。したがって、象徴主義の直系ともいうべき戦後の仏文学系の詩人たち――「リアクション」とはいっても広い意味では依然として隠喩中心的な詩観のなかにいた彼らによる金子光晴理解には、おのずから限界があったように思われるのです。いまや別種の読み方が提示されなければなりません。

だがそれこそは本書のテーマそのものです。そのまえに、では従来この詩人がどのように捉えられていたのかを、もう少し見ておきましょう。

2 離群性

抵抗とエロス。まずこのふたつの言葉が思い浮かびます。いま触れた仏文学系の詩人たちによる金子光晴の称揚も、戦後の一時期、フランスにおいて、戦時中ナチスに抵抗して詩を書いたアラゴンやエリュアールが脚光を浴びたという事実と無関係ではないでしょう。アラゴンもエリュアールも、もともとはシュルレアリスムの闘士で、愛をうたうエロスの詩人でもありました。呼応して、日本にも金子光晴がいるではないかと、そういうことになったのではないでしょうか。やや遅れてですが、モノグラフィとしては屈指の『金子光晴論』を著したやはり仏文学系の詩人嶋岡晨は、同時にエリュアールのすぐれた紹介者でもありました。★7

抵抗とエロス。これに虚無という言葉を加えてもいいかもしれません。ニヒリズム。ドイツの哲学者シュティルナーあたりから吸収したとおぼしい金子流のニヒリズムとは、簡単にいえば、この世に個我の発現以外のいかなる価値をも認めない苛烈な否定精神で、政治的にはアナーキズムと結びつき、また光晴固有の出生の秘密ともかかわりながら、本書の章立てに沿っていえば、母性棄却《アブジェクシオン》の身振りと深く共鳴しあっています。また、よく指摘されることですけれども、戦時中光晴が息子乾に徴兵忌避を促したというエピソードも、純然たる反戦の姿勢からというより、むしろこのニヒリズムがもたらしたものなのかもしれません。★8

いずれにもせよこうして、金子光晴といえば抵抗とエロスと虚無の詩人ということに従来なっていて、それはその通りだとしても、ではなぜ抵抗だったのか、なぜエロスだったのか、なぜ虚無だったのかということは、しかしそれほど掘り下げられてはいないような気がします。金子光晴を読もうという促しは、一面では、この抵抗とエロスと虚無とをひとすじ貫く何かしらの詩的強度をみつけようという試みになるでしょう。

詩の方法の問題としては、金子光晴の書き方をリアリズムに結びつけるのもごく一般的な見方です。たしかにそれも間違いではありませんが、より正確に言うなら、光晴にとって詩とは、たんなる生きられた生の再現ではなく、むしろ生の潜勢力を現実化する動きそのものであったということです。ただ生きられているだけの生なら、動物と変わりありません。多くの人はそのように生き、死んでゆきますが、詩人は違います。あたかも社会的な不遇や追放とひきかえに（光晴もまた生活不適応者でした）、潜勢する生の可能性を現実化してゆくのです。というといかにも奇妙なもの言いのように聞こえるかもしれませんが、人間は言語によって言語とともに生きるしかない以上、生の現実化とは生の言語化にほかならず、その言語化のなかでももっとも純度の高い形式が詩にほかならないからです。そのような深い認識がこの詩人のなかにはあって、その生の現実化＝言語化の動きの諸相が、時によって抵抗でありエロスであり虚無であったということでしょう。つまり、この動きこそは、それをさっそく詩的強度と名づけても差し支えないでしょう。

また別の側面から言うなら、それは自己を語るということと切り離せません。ある意味で金子光晴は、ただひたすら自己を語りつづけた詩人です。抵抗もエロスも、虚無でさえも、いや虚無だからこそ（なぜなら、ニヒリズムとは自己のエネルギーの絶対的肯定ということなのですから）、自己という問題系――これも本書のテーマのひとつになります――に隠れてしまうかのごとくに。その自己は、いわゆる近代的自我、西欧近代的に規定される自我に収まりきれるものでは必ずしもありません。金子光晴というと、すぐに、日本近代詩において真に近代的自我というものを確立しえた、それゆえ戦争や天皇制にも抵抗しえた、ほとんど唯一の詩人ということになってしまいますが、必ずしもそういうことではないと思います。金子的な自己というのはもっとヌエ的というか、面的というか、世界と接してどこまでものびてゆく皮膚のような、あるいは境界そのもののような自己で、その皮膚＝境界の言語化が、結果としてしばしばすぐれた社会批判、共同体批判としての作品に結実してしまうというところに、この詩人の最大の武勲があり魅力がある。そのように考えたいと思うのです。

一方、かつて清岡卓行が嘆息し、大岡信がより冷静に指摘したような、詩史のうえでの金子光晴の位置の定めがたさも、このような自己と無縁ではないでしょう。そしてもちろん、位置が定めがたいということは、とりもなおさずこの詩人のスケールの大きさを、またそのテクストがいまだ未知へと委ねられた、いまだ生成しつつある収蔵体だということを物語っているでしょう。清岡氏は書肆ユリイカ版『金子光晴全集』第一巻の解説にこう述べています。

今日の詩壇において最も巨大な存在である金子光晴について、どのように語りはじめたらいいか、ぼくにはまだ彼に対する詩人論のための手がかりがない。ということは、かつて、金子光晴の詩だけが読むに耐えた一時期がぼくにはあり、そのことの意味を、ぼくはまだ自分で解いていないのである。★9

また、大岡氏はこんなふうに――

金子光晴の位置はいまなお決定していない、といったら奇異な感じを人に与えるだろうか。たとえば彼の同年輩ないし若干年少の詩人たち、西脇順三郎、壺井繁治、北川冬彦、三好達治、村野四郎、草野心平、岡本潤、小野十三郎などの詩的経歴と金子光晴のそれとを見較べてみると、一時代古い金子氏の方が今なおその位置づけに困難を感じさせる複雑さを多分にもっているのである。（……）金子光晴は、大正デモクラシー詩壇、詩話会、さらに昭和期の「詩と詩論」以後のモダニズム、プロレタリア詩、「四季」「コギト」のリリシズムといった慣行的区分のどれにもはめこむことのできない離群性をもっている。★10

すこし敷衍しておきますと、大正デモクラシー詩壇とは全く無縁というわけにはいかず、私見によればむしろ無視しえない影響関係にありますが、そのあとの「詩と詩論」や「四季」とは詩法的にも人脈的にも同時代なのにほとんど何の関係もなく、それはほんとうに驚くべきことです。わずかに草野心平らの「歴程」グループと縁があったぐらいですが、「歴程」自体が無規定的ヌエ的な集合体でしたから、そこに属することはなんら「離群性」を損ねることにはなりません。
ところで、この「離群性」という言葉から大岡氏は、金子光晴のもっとも有名な詩のひとつの一節を想起しています。そう、「おっとせい」という詩の、つぎの最終連です。

だんだら縞のながい影を曳き、みわたすかぎり頭をそろへて、拝礼してゐる奴らの群衆のなかで、
侮蔑しきったそぶりで、
たゞひとり、
反対をむいてすましてるやつ。
おいら。
おっとせいのきらひなおっとせい。
だが、やっぱりおっとせいはおっとせいで
たゞ
「むかうむきになってる

おっとせい。[★11]」

そして、まさしくこの「離群性」がみられるからこそ、詩人金子光晴は数十年後の現代にもさして違和感もなくワープすることができ、またわれわれの側からすれば、いまの時点に立ってその作品を読み直すことにも、だから少なからぬ意義があるように思えるのです。金子光晴のあらたな発見、そういう希望さえ持てるのではないでしょうか。

3　伝記のおさらい

金子光晴を読もう。この促しのアクチュアリティは、以上でだいたい遠望できたのではないかと思います。マクロな視点、詩の本質にかかわる視点はいずれ本論で繰り返し立ち帰ることになるでしょうから、いまはもう少し肩の力を抜いたところから、たとえば金子光晴の自伝の面白さを、どう形容したらよいのでしょう——とそんなふうに問題を少し転回させてみます。とりわけ、自伝三部作と称される『どくろ杯』『ねむれ巴里』『西ひがし』——その無類の面白さはすでに人の知るところではあり、というか、ほかのあらゆる作品を押しのけて金子ワールドの人気ナンバーワンに登りつめたといっても過言ではありません。

じっさい、私自身、数年前パリに一年間ほど滞在することになったとき、まず成田からの機中で『ねむれ巴里』を読み始め、まさにページ措くにあたわず、飛行機嫌いの私が飛行機を降りたくなくて困ってしまったことがありました。ところが、パリに暮らし始めて、ふとしたことからプルーストを研究しているという日本人の留学生と知り合ったのですが、若い彼女もまた『ねむれ巴里』を読みながらパリでの生活を始めたというのです。金子光晴の自伝は、どうやら世代を超えて読み継がれているらしいということがわかりました。

それにあやかってというわけではないのですけれど、私のこのささやかな金子光晴論も、その『ねむれ巴里』の一節からスタートすることにしましょう。ただし、ややきわどい、もしかしたら顰蹙を買うような一節から。

そのまえにまず、自伝三部作で語られている時期の伝記的事実を簡単におさらいしておくと、いやさらにそのまえに、金子光晴は、一八九五年十二月二十五日、愛知県海部郡津島町に、酒商を営む父・大鹿和吉、母・りょうの三男として生まれました、とすべきでしょうか。以下しかし、自伝三部作の起点となる一九二四年までは駆け足です。本名安和。光晴はペンネームということになりますが、金子姓の方は、幼くして養子に出された先の姓です。つまり、いわゆる出生の秘密があるわけで、また養母に溺愛されて育ったらしく、そのあたりのことは第3章「母性棄却を超えて」で少し触れることになるでしょう。金子家は裕福な中産階級でした。一九〇七年、暁星中学に入学。ほどなくして文学に目覚め、学業は怠るようになります。一九一五年から一九一六年にかけて、早稲田大学、東京美術学校、慶応大学をいずれも退学。同時期、詩作を開始します。一九一七年、義父死亡に伴い、かなりの額の遺産を義母と折半。一九一九年、最初の渡欧。ベルギーはブリュッセル郊外の親日家ルパージュ氏宅に寄寓します。一九二三年、詩集『こがね虫』を新潮社より刊行。同年、関東大震災。このカタストロフを機に、社会や文化の面でも古いさまざまなものが灰燼と帰し、新しい潮流が起こります。

そして一九二四年です。この年、金子光晴は森三千代と電撃的な出会いを果たし、数ヶ月後には三千代が身ごもって、二人は結婚します。光晴はすでに詩集『こがね虫』によって新進詩人としての声価を得ており、一方三千代のほうは、女子高等師範学校の美貌と才媛を謳われた学生で、自身作家志望でした。ところが、結婚して三年後の一九二七年、彼女はアナーキストの東大生（のちの美術評論家土方定一）との恋愛に走り、出奔してしまいます。彼女はいわゆる恋多き女で、金子光晴と出会う前は、なんとあの吉田一穂の恋人でした。

それはともかく、妻の不倫によって光晴は、それまでの気ままな高等遊民的生活から、一転して人生の修羅場に立たされます。なにしろまだ姦通が法的制裁を受けていた時代です、結婚を自由恋愛の延長と考え、「新しいあいてができたら、遠慮なくお互いにわかれること」という取り決めを交わしていた光晴でしたが、そういう、当時としては最先端のクールな男女関係の意識も、ありふれてはいるが過酷な現実を前にしては、ひとたまりもありませんでした。人並みに衝撃を受け、プライドを踏みにじられた詩人は、妻三千代に、離別や法的な制裁への訴えではなく、渡欧という、ある意味ではより過酷なひとつの道を提案します。旅費のあてもない向こう見ずな計画でしたが、それを敢行することによってある種の私的制裁を果たしつつ、同時に、彼女との愛の関係の修復も図ろうという賭けだったのでしょう。加えて、義父の遺産を使い果たしてしまったことによる経済的困窮、定職もなく生活能力も希薄なことから予想される見通しのない将来、すでに時代遅れになりつつあった『こがね虫』の耽美的詩風からの転回を果たせないでいるという詩業のうえでの行き詰まり――日本にいるかぎりつきまとうそうした一切からの脱出、ないしは打開ということも、その逃避行のなかにはもくろまれていたのかもしれません。

こうして、詩人の大旅行、足かけ五年にも及ぶ破天荒な海外放浪が始まるのです。一九二八年九月のことでした。当時ヨーロッパへは、ただでさえひと月以上もかかる南回りの船旅でしたが、そのうえ無一文の詩人は、寄港のさきざきでたとえば自作のあぶな絵（春画）を売り、旅費を稼ぐというようなことをしなければなりませんでしたから、まず上海、ついで香港、そしてシンガポール、ジャワ、スマトラと、まさに尺取り虫のような旅程を描き出すことになります。しかも、二人分の旅費を一挙に得るのはむずかしかったらしく、そこで詩人は、妻に旅費を与えてシンガポールから先発させ、自身はしばらくマレー半島にとどまってあぶな絵売りをつづけたあと、数ヶ月後にようやくパリで落ち合うことができたのでした。ちなみに欧州からの帰路も似たようなコースを辿り、シンガポールでは妻の不倫の反復まで用意されていて、これでは自伝の面白くなるのも必定というものでしょう。

ともあれしかし、皮肉なことに、目的地をはるかにしたこの気の遠くなるような東南アジア経由が、いや迂路というべきでしょうか、なんにしてもそうした遅滞につぐ遅滞、そうした世界地理規模での緩慢で散文的な道草が、あとでも触れるように、のちの金子文学に豊かな成果をもたらすことになるのです。「安く行けるジェット旅客機がなくて幸いであった」とは、さきほど引き合いに出した戦後の大詩人、田村隆一の言です。「幸いであった」とは、もちろん豊穣な金子文学を享受できる後世のわれわれにとってという意味で、当時の長旅の艱難辛苦は、いまではもう想像を絶しているとしか言いようがないでしょうけれど。

4　中国人女性の肛門あるいは放射核

さてようやく、『ねむれ巴里』です。自伝三部作中のこの第二部では、魔都上海への滞在がある種ピカレスクに語られる第一部『どくろ杯』を受けて、一人旅になった後半の東南アジア放浪からほぼ二年にわたるヨーロッパでの生活の経緯までが語られています。なかんずく、男娼以外のあらゆることに手を染めたという辛酸をきわめたパリ生活のディテールは、これがほんとうに四十年後の回想だろうかと訝しく思うくらいなまなましく生彩に富み、紹介し出せばきりがないほどですが、私がこの小論を出発させたいと考えているのはそこからではありません。そこにいたる前半部分の、インド洋航海のくだりに、つぎのような興味深い記述がみられるのです。

深夜、寝しずまった人たちのあいだで一人眼をさました僕は、しびれたような頭を持ちあげ、掛梯子をつたって下におりると、ふらふらしながら船室に立った。からだが伸びちぢみするひどい動揺であった。僕の寝ている下の藁布団のベッドで譚嬢は、しずかに眠っていた。船に馴れて、船酔いに苦しんでいるものはなかった。僕は、からだをかがみこむようにして、彼女の寝顔をしばらく眺めていたが、腹の割れ目から手を入れて、彼女のからだをさわった。じっとりとからだが汗ばんでいた。腹のほうから、背のほうをさぐってゆくと、小高くふくれあがった肛門らしいものをさぐりあてた。その手を引きぬいて、指を鼻にかざすと、日本人とすこしも変らない、強い糞臭がした。[★12]

ことわっておきますと、詩人とこの中国人女性とはただの船客同士という関係で、性的な接触は何も生じていません。それなのに彼女のベッドに忍び寄り、肛門に触れてその臭いを嗅ぐというのですから、驚くべきです。「日本人とすこしも変らない」なんて、別に嗅がなくともわかりそうなことではありませんか。そんな痴漢めいた、変態めいた行為の回想をここでいきなり引き合いに出すのは不謹慎かもしれません。あるいはむしろ、すでに述べたようにエロスの詩人とされ、晩年は瘋癲老人としてマスコミサービスにも努めた『愛情69』の作者を語るには、あまりにも常套的すぎる切り口の提示かもしれません。

しかし、ここから、この女の肛門から出発しようと思います。肛門という消化管の出口を、そのまま金子ワールドへの入口にしてしまおうと思います。この風変わりな、しかし意味深い入口。なぜなら、中国人女性の肛門に触るという変態めいた行為には、そのいかがわしさ以上に、あるいはこの詩人が自己を語るときに特有の露悪趣味以上に、身体の接触ないしは分有を通じての、いわば他者の発見があるからです。もちろん象徴的な意味においてですが、このようにして他者を――アジアの他者を――発見した知識人は、近代日本においてかなり稀であったといえるのではないでしょうか。明治期以来のいわゆる脱亜入欧というスローガンの浸透によって、知識人も含めた当時の大多数の日本人が、同じ顔同じ肌の色のアジア人をまるで自分たちよりも劣った種族のように見下していたということは容易に想像がつきます。「日本人とすこしも変らない」という感想はそうした文脈において理解されるべきでしょうし、そうなれば、この一節こそは、金子文学のひそやかな核心、そのコスモポリタン的な性格を巧まずして証すものということにもなりましょう。

『ねむれ巴里』のこの一節には、つまり放射核のようなはたらきがあるのです。核はさらにつぎのようなことを放射しています。みずからが自伝というテクストの一部であること（自己という問題系）、また散文の一部であること、そこでは、繰り返しますが、アジアの大地と遠からぬ海の上での女体との接触が描かれていること、すなわち、大地、海洋、身体、皮膚といった金子的テーマ系が集約されていること、そしてとりわけ世に名高い金子光晴の糞尿趣味、私なりにそれを別の用語に移し替えるなら、つまり精神分析的にいうところのアブジェクシオン（母性棄却）ということになりますが、その詩学がここでも遺憾なく発揮されていること。ささやかな金子光晴読解を始めるにあたって、私はこうしたことの確認から出発したいと思います。

そういえば、『ねむれ巴里』に先立つ『どくろ杯』のなかにも、女体ではなく上海という都市について述べながら、しかしやはりアブジェクシオンの詩学に促されて、糞尿や血や膿を半ば嬉々として登場させてしまっている、つぎのようなくだりがあります。

今日でも上海は、漆喰と煉瓦と、赤甍の屋根とでできた、横ひろがりにひろがっただけの、なんの面白味もない街ではあるが、雑多な風俗の混淆や、世界の屑、ながれものの落ちてあつまるところとしてのやくざな魅力で衆目を寄せ、干いた赤いかさぶたのようにそれはつづいていた。かさぶたのしたの痛さや、血や、膿でぶよぶよしている街の舗石は、石炭殻や、赤さびにまみれ、糞便やなま痰でよごれたうえを、落日で焼かれ、ながが雨で叩かれ、生きて

いることの酷《むご》さとつらさを、いやがうえに、人の身に沁み、こころにこたえさせる。[★13]

いかがでしょう。「皮膚感覚で捉えた上海の描写」と、現代詩人の佐々木幹郎は的確に指摘しています。佐々木氏はまた別の箇所を引用して、「金子の筆の進み具合は面白い。家の内部を説明しながら、必ず『糞尿』など、人間の身体の匂いの沁みついたものの描写に力を入れる」とも述べています。[★14] それら、対象が上海だったからこそ成り立ちえた記述ではあるのでしょうが、しかしそれ以上に、書き手が金子光晴だからこその描写でしょう。言い換えるなら、当時のリアルな上海というよりも、ある生が上海という都市の姿をかりて現実化されているそのリアルさのほうがつよく伝わってくるかのようです。女体も都市も、金子光晴にとっては、いうところの自己から切れ目なくつながっているひとつの皮膚、ひとつの生にほかならないのです。そういう特異な場所、強く「身体の匂い」のする金子ワールドへ、『ねむれ巴里』の一節を入口に、さあ、本格的に分け入ってゆくことにしましょう。

★註

★1——原満三寿『評伝金子光晴』(北溟社、二〇〇一)。

★2――森乾『父・金子光晴伝――夜の果てへの旅』（書肆山田、二〇〇二）。

★3――『金子光晴全集』（中央公論社、一九七五―一九七七、以下『全集』と略）第二巻、二七三ページ。本書での金子作品からの引用は、原則としてこの全集を底本とします。旧仮名遣い・新仮名遣いの用法はこの『全集』を踏襲しました。ただし、漢字はすべて新字としました。

★4――同書、二七一ページ。

★5――ただし、隠喩をめぐる問題は広汎かつ複雑です。ここで言う隠喩とは、詩法あるいはレトリックとしての隠喩であって、言葉の本質的な隠喩性とは区別されなければならないでしょう。後者のフェーズから詩を論じた好著に、野沢啓『隠喩的思考』（思潮社、一九九三）があります。また、言葉の本質的な隠喩性は、混同を避けるためには、より記号論的にコノテーションという概念に近づけた方がよいかもしれません。岩成達也『詩的関係の基礎についての覚書』（書肆山田、一九八六）は、汎コノテーションともいうべき観点から詩の原理を述べた驚くべき書です。現代詩に関心のある人はこの二冊を参照してください。

★6――田村隆一のエッセイ「泥と水の世界から」より。『現代詩文庫・金子光晴詩集』（思潮社、一九七五）一五六―一五七ページ。

★7――嶋岡晨『金子光晴論』（五月書房、一九七三）。

★8――首藤基澄『金子光晴研究』（審美社、一九七〇）の「序説」を参照のこと。

★9――『金子光晴全集』（書肆ユリイカ、一九六〇）第一巻、四五五ページ。

★10――大岡信『超現実と抒情』（晶文社、一九六五）、二六〇ページ。

★11――『全集』第二巻、一二ページ。

★12――『全集』第七巻、一七三―一七四ページ。

★13――同書、七九ページ。

★14――佐々木幹郎『自転車乗りの夢』（五柳書院、二〇〇一）、九一ページおよび九七ページ。

第1章　基底としての散文

1　詩を捨てた詩人

序章で私は、自伝『ねむれ巴里』のややきわどい一節を引き、そこから金子光晴の世界に分け入ってゆこうと提案しました。テーマ的には身体性からの出発ですが、形式的側面からみれば散文からの出発です。

じっさい、金子光晴の散文というのはすこぶる面白く、人を惹きつけてやまないところがあるのですが、それだけではなく、金子光晴全体の読まれ方、世間への流通の仕方というのも、皮肉にもその詩ではなく散文を読んで、そこから日本や日本人についての、含蓄に富み、警鐘に満ちたメッセージを受け取ろうという傾向がみられるようです。[★1] もちろんそれはそれで結構なことでしょう。けれどもそうなると、光晴は詩人なのに、そして思想にはある種の警戒心さえ抱いていたのに、皮肉にもむしろちょっとした思想家ないしは随筆家のように扱われてしまうことにもなりかねません。この小論ではそういう扱いはしません。あくまでも主眼は金子光晴の詩的世界、いやもっと端的に、詩のテクストです。

では、それなのになぜ散文から出発するのでしょう。詩人金子光晴を論じるのに、その散文作品からアクセスしようというのは、かなりうがった、でなければ転倒したやり方かもしれません。なによりも、言葉の彫琢にたけた『こがね虫』という詩集によって詩壇へのデビューを果たした詩人です。そこから、一見対極にあるような『鮫』のリアリスティックな詩法へと、詩作品に沿って、この詩人のポエジーの連続と不連続を辿るのが、筋というものでしょう。

しかし、それではあたりまえのことしか見えてこないような気がします。『こがね虫』から『鮫』へと金子詩学は進化した。ベルギーの地で書かれ、フランス象徴主義の風土を色濃く残している青春のエチュード『こがね虫』から、アジアの地で書かれ、現実批判の方法としての特異なリアリズムに貫かれた傑作『鮫』へと。たしかにその通りですけれど、それが金子光晴というとびきりユニークな詩人についてどれほどのことを語ったことになるのかは疑問です。そういう意味ではむしろ、飯島耕一のように、『こがね虫』のほうに特別な愛着を寄せるというのも、ひとつの見識というものでしょう。飯島氏はこの詩集について「『こがね虫』は圧倒的に夢見る精神の所産であり、夢見られた生命の礼拝堂における祈りの書である」[★2]と最大級の評価を与えたことがあり、その後も折りにふれ賞讃に努めているようです。

それはともかくとしても、私がここで言いたいのは、金子光晴のポエジーには、直線的な進化には収まりきれないような一種独特の屈折がみられるということです。天性の詩的感性が損なわれることなく連続しながら、ひとつのめざましいテクスチャーが紡がれていった——というようなことであれば、それはたとえば北原白秋とか西脇順三郎とかの場合でしょうが、それぞれの詩人の詩的歴程をはじめから丹念に辿っていけば多くのことが語れるでしょう。ところが、光晴のポエジーにはもっと別の、きわめて異質な、いってみればポエジーそれ自体を否定するような胎があるように思われるのです。

というのも、詩人自身ある座談会でこんな発言をしています。

おれはね、生活上のいろんな困難を経て、三十一のときかな、二度目にヨーロッパにたったでしょう。(……)実はあのときに詩人を捨てちゃったんだ。正直なことを言うと、詩も詩人も僕には向かない。フランス象徴派もピンとこないんだな。★3

二度目のヨーロッパというのは、序章で紹介したあの『ねむれ巴里』に語られている捨て身の大旅行をさしますが、たとえば長詩「鮫」は、そのヨーロッパからの帰途、シンガポールもしくはマレー半島で着想されていますから、それは「詩人を捨てちゃった」以後の作品ということになります。いや、金子文学の頂点をなすふたつの詩集、『鮫』と『女たちへのエレジー』の全体が、それからまた戦後になってからの『人間の悲劇』『非情』『IL』といった大作力作のすべてが、「詩人を捨てちゃった」以後の作品ということになります。これはちょっと聞き捨てならない発言ではないでしょうか。

　また、「フランス象徴派もピンとこないんだな」も、この詩人の詩的歴程を知る者にとっては、ちょっと待ってくださいと言いたくなるような発言です。それはそうでしょう、何しろ、さきほども触れたように『こがね虫』自体がフランス象徴派を抜きには考えられない詩集ですし、それなのにそのフランス象徴派が「ピンとこない」とは、あろうことか自分の書いた詩を忘れてしまったようなものです。

　何が起こったというのでしょう。これと関連して、金子光晴はまた、自分は怒りをおぼえたときしか詩を書かないというようなことも述べています。詩集『鮫』に付せられた「自序」においてです。

> なぜもつと旅行中に作品がないかと人にきかれますが僕は、文学のために旅行したわけではなく、塩原多助が倹約したやうにがつがつと書く人間になるのは御めんです。よほど腹の立つことか、軽蔑してやりたいことか、茶化してやりたいことがあつたときの他は今後も詩は作らないつもりです。★4

詩集の序文やあとがきの類で、金子光晴の場合ほど面白い例はそうざらにはないと思われます。この『鮫』の「自序」も、「武田麟太郎さんに序文をお願ひしたが、別に書くこともなささうだといふことと」と始まり、「僕の詩を面白がつて発表をすゝめてくれた人は中野重治さんで、序文をたのむのはその方が順序と思ひましたが、このあついのにと察してたのむのをやめました」と終わるのですから、じつに人を食ったような趣です。かと思うと、詩集『こがね虫』の「自序」は、「余の秘愛『こがね虫』一巻こそは、余が生命もて賭《かけ》した贅沢な遊戯《あそび》である」[★5] 云々と、これはまた途方もない気取りと傲岸の鎧をまとっています。

そのあたりからも察せられるように、金子光晴の心性にはかなり屈折したところもあるので、右に引用した発言も必ずしも額面通りには受け取れないふしがあります（たとえば旅行中光晴は、「文学のために旅行したわけではない」という発言とは裏腹に、多くのことを大学ノートに書き留め、のちの詩作や紀行執筆に役立てました）。が、それでも、詩らしい詩、きれいごとの詩、インスピレーションの赴くままにしたためた詩、あるいは言語の実験室で組成されたような詩、同時代の詩派でいえば、「詩と詩論」や「四季」グループにみられるような詩——そうしたものから一線を画したいというこの詩人の意図は、あきらかにみえかくれしているのではないでしょうか。

ところで、詩人であることを捨てた男の代表といえば、まっさきに、かのフランスの天才少年詩人アルチュール・ランボーが思い浮かびます。金子光晴はランボーの翻訳に手を染めたこともありますから、「詩人を捨てちゃった」云々の発言をしたときにこの『イリュミナシオン』の作者の名高い沈黙のことが頭をよぎらなかったかどうか。ランボーは詩人をやめてアフリカに渡り、砂漠の商人になったわけですけれど、知られているように、それはおよそこれ以上はないというほどのドラスティックな変貌でした。それには比べるべくもありませんが、光晴もまた、座談での言葉とはいえ、暫定的な詩の放棄をほのめかしているのです。

興味深いのは、そのランボーでさえも、詩人をやめたあと、アラビア半島やアフリカから家族や取引先に宛てて膨大な書簡を書き残しているということです。もちろん、その大部分は商業文であり消息文であり、いわゆる文学的な価値はないとみるのがふつうですが、砂漠の砂そのもののようなその乾いた散文は、まさに詩が蒸発したあとの言語の廃墟を示して、これもまた一種の作品であるといえなくもありません。事実、たとえば鈴村和成は、そうした観点から件の書簡を読み解き、従来のそれとはひと味もふた味も違う斬新なランボー像を提示しています。★6

いずれにもせよ、あれほどの沈黙のさなかにも、いうなれば散文だけは書きやめなかったランボー。わが金子光晴もまた、二度目の渡欧以降、散文を書くようにして詩を書いたのではないか。そう私はみたいのです。ランボーの極限的な散文にはるかに呼応するように、『鮫』の詩人もまた、詩の否定、詩の放棄のモメントをうっすらとこめて、ただし同時に、砂漠の砂ならぬモンスーン・アジアの耐えがたい湿気をも含ませるようにして、詩を書いたのではないでしょうか。

詩人金子光晴において、『こがね虫』から『鮫』へとたんに詩法が進化したわけではありません。『ねむれ巴里』の時期、欧州での辛酸を舐めた滞在から東南アジアを経由して帰国し、やがて戦争期を迎えるに至るこの時期とは、詩人をやめたみずからへの哀悼と苦渋にみちた呼びかけ、つまり「ねむれポエジー」の時期でもあって、そういうある種の沈黙が、一方から他方への進化という以上に、『こがね虫』と『鮫』以降とを大きくへだてているのではないでしょうか。

2　自伝作者光晴

詩人の詩の世界に分け入るのに、なぜ散文なのか。その理由の一端はこれで窺えたと思います。もちろん金子光晴は、散文そのものも、評論エッセイの類は言うに及ばず、みずから小説と銘打ったものにいたるまで、膨大な量を書きました。が、とりわけ自伝です。自伝あるいはそれに類するものを、じつにたくさん書きました。それゆえ、『新潮日本文学アルバム』の「評伝　金子光晴」を、原満三寿はつぎのように書き始めています。

金子光晴の評伝を短い文章で書くのは大変むずかしい。なぜなら、光晴ほど自分の生きてき

> た軌跡を長い生涯にわたって自分自身の手で書きつらねた文人も珍しいからである。光晴のことはもっとも光晴自身が、なんどもなんども文章を変え見方を変えて執拗に自伝や詩に書き残したわけで、余人が口をはさむのもはばかられるほどである。[★7]

また、同じアルバムの巻末に置かれた沢木耕太郎のエッセイは、いかに関心のおもむくままの筆とはいえ、またノンフィクションライターの沢木氏らしいといえばそれまでですが、もっぱら光晴の自伝的紀行文に焦点を絞りつつ、つまりこの詩人の詩にはひとことも言及しないまま、一個のユニークな金子光晴像を素描しています。[★8]これは極端な例でしょうが、世の金子ファンの多くにとっても、金子光晴といえば『どくろ杯』の、そして『ねむれ巴里』の詩人（撞着した言い方ですが）ということになるのではないでしょうか。沢木氏によれば、こうした自伝作品によって金子光晴は「晩年の大勝」を収めたことになります。この詩人のポピュラリティは、その詩作品によってというより、その自伝作品によって獲得されたのです。このことは、金子文学を考えるうえで、たんなる皮肉や逆説という以上の、無視できない側面をもつように思われます。

おそらく、原氏の言うように、金子光晴ほど自伝を書いた詩人も、古今東西にそうざらにはいないでしょう。もちろん、フランスの詩人ミシェル・レリスというような特異な例もあります。レリスは、『成熟の年齢』や『ゲームの規則』をはじめとする膨大な自伝作品で知られていますが、最初はシュルレアリスム系の詩人として出発し、やがて民族学への関心を深めてゆきます。

レリスにとって自伝とは、ちょうどそのふたつの領域をまたぐエクリチュールとして、きわめて自覚的に選び取られたジャンルでした。民族学がフィールドワークによって共同体の記憶の闇に分け入ってゆくように、夢の記述や過去への遡及を通して、共同体にも劣らぬ豊かさと深さを備えた一個人の「民族誌」を織り上げようとしたのでした。

　そのような方法意識は、むろんのこと金子光晴には存在しませんでした。それでも、かなりの量の自伝を書き残したということ、そのことの意味は何でしょうか。私の知るかぎりでは、前出ランボーの盟友ポール・ヴェルレーヌがやはり何冊かの自伝を書き残していて、それは『わが告白』（聖アウグスティヌスからルソーにいたる懺悔録を踏襲して）とか『わが牢獄』とか題されていますが、みずから「哀れなレリアン」と呼んだ生活破綻者であり、とりわけランボーとのスキャンダラスな同性愛関係のこじれから傷害事件を起こし、臭い飯を食うにいたるこの「呪われた詩人」の生涯は、いろいろな意味でまさしく語るに値し、読者に供するに値するものだったといえるでしょう。

　ヴェルレーヌほどではなかったにしても、やはり生活破綻者で、寝取られた妻を連れて世界放浪したという経歴をもつ光晴。後年もし有名になれば、その経緯をジャーナリズムが放っておかないでしょう。事実その通りになったのですが、そればかりではありません。どこか詩人の気質として似たところがある両者（光晴にはヴェルレーヌの訳詩という仕事もあります）が、ジャーナリズムの要請はあったにせよ、自伝を書くことに共通の情熱をみせたということは、なかなかに興味深いことです。たとえば「私とは一個の他者である」と言い切って、どこか未踏の地に飛び立ってしまった感のあるランボーなどからすれば（ランボーにも『地獄の季節』という一見「自伝的」な作品がありますが、通常の自伝というジャンルからはあたうかぎり遠い作品です）、光晴もヴェルレーヌも、作者イコール語り手イコール主人公という同一性に甘んじた、ずいぶんと微温的な場所から言葉を繰り出しているようにしかみえなかったかもしれません。

しかし光晴の自伝は、ヴェルレーヌのそれをも、質量ともに凌駕しています。自伝作者金子光晴。そう言ってもいいほどです。もう何度も言及したいわゆる自伝三部作『どくろ杯』『ねむれ巴里』『西ひがし』のほかにも、『詩人』という最初に書かれた自伝がありますし、これはタイトル通りに詩人としての自己形成やその後の詩的歴程に焦点をあてたもので、光晴の生涯を知るには自伝三部作以上に貴重です。また、インタビュー形式で自己を語ったユニークな『新雑事秘辛』や、未完に終わった『三界交友録』などもあります。なにしろ、中央公論社版の『金子光晴全集』全十五巻のうち、「自伝」の巻が三巻もあるのです。不思議というか面白いのは、その「自伝」の三巻のうちに童話も随想もいっしょくたに収められていて、さらには、自身の東南アジア旅行からもたらされたとはいえ、どう見ても自伝とはいえない特異な散文作品『マレー蘭印紀行』までが含まれてしまっているということです。編集の都合というのもあったのでしょうが、あるいはむしろ、自伝作者金子光晴というイメージがあまりにも強烈だったために、編者にとって『マレー蘭印紀行』までもが自伝にみえてしまったのかもしれません。

ミシェル・レリスならずとも、自己を語るということ、それは詩人金子光晴にとってなにかしら本質的な問題を含んでいるように思われます。「私とは一個の他者である」はずのその「私」について、作者イコール語り手イコール主人公という同一性のシステムにもとづいて、あるいはむしろそのシステムを口実に、なおも語りつづけるということ。それはそれ自体がなにかしら異様であり、過剰であり、逸脱であるような事柄に属するのではないでしょうか。

この小論の最後の章「自己と皮膚」でそうした問題にもふれてみたいと思いますが、いまは散文の問題に戻りましょう。「ねむれ巴里」の詩人、大量の自伝を書き残した詩人。けれども、光晴にとって散文は、その波瀾に富んだ反骨流亡の半生を記すためにだけあったのではありません。

さらに一歩踏み込んで、さきほどの、散文を書く意識で詩を書くということにも通じますが、金子文学には、本質的に散文と詩とが競合しているようなところがあると言ってしまいましょう。さらには、互いに組み込みを果たして、双方の富を交換し合っているようなところがあると。そして詩を中心に据えて考えてみても、散文という迂回を経たほうが金子詩学の本質により早くより確実に辿り着けるような、独特の通路が存在するように思えてなりません。それをこれから具体的に跡づけてみることにします。言葉を換えて言うなら、ひとつのパラドックスとして、散文という概念が金子詩を読むキーワードのひとつになるような気がするのです。序章で私は、金子的ポエジーにはポエジーそれ自体を否定するような胎があると言いましたけれど、散文性こそその胎にほかなりません。

3　水と散文——『マレー蘭印紀行』をめぐって

しかし、さきを急ぎすぎたようです。単純にまず、金子光晴の散文には独特の味わいがあると言っておきましょう。その自伝的作品の無類の面白さについてはすでに序章でふれましたが、それはなにも書かれている内容のせいばかりではないような気がします。文体や語り口にうねるような生気があり、読者はいつのまにかその生気に乗せられて、物語の奥へ奥へと運ばれてしまう。そういう効果も大きいはずです。

だからといって、いやだからこそというべきでしょうか、光晴は小説家ではありません。たしかに、文学に目覚めた頃、詩人になろうとしたよりも早く小説家になろうとした時期があったらしく、またのちには、上海の日本租界に取材した「芳蘭」という小説を書いて雑誌「改造」の懸賞小説に応募し、佳作に選ばれたことがあるということです。残念ながらその小説は発表されず、原稿も没になったまま所在不明なので、どんな作品だったのか知る由もありませんが、当人は懸賞該当作でなかったことにくさってしまったようです。そのまま腰を据えて小説の制作に打ち込んでいれば、あるいはそれなりの小説家になれたかもしれないのに。詩人自身も折りに触れ自分が中原中也や宮沢賢治のような天性の詩人ではないこと、いわば事の成り行きとして詩人になってしまったことを強調していますけれど、とりもなおさずそのことは、より広く作家としてのおのれの潜在能力に恃むところがあったことの裏返しではないでしょうか。

しかし、いささか意地悪く言えば、腰を据えて小説に打ち込まなくて、ほぼ正解だったようです。つまり金子光晴は、たぶん小説家としては大成しなかっただろうと思われるからです。比類のない自伝三部作にしても、『全集』の後記において編者の秋山清は、「詩人の書いた小説というものは、総じて文章の部分的な彫りが深くてかえって読みづらく、ために語られ描かれている目的そのものがとらえ難く、小説として成功し難いというのが一般論となっているが、金子のこの三篇にもそのような傾きがないとはいい難い」としています。[★9]

「そのような傾き」は、別の作品にいっそう顕著にあらわれているようです。自伝三部作は最晩年に書かれたものですが、それよりもずっと以前の、比較的若い時期に書かれた散文作品に、すでに名前を挙げた名作の誉れ高い『マレー蘭印紀行』(一九四〇年)があります。しばらくはこの紀行文にとどまってみましょう。田村隆一が「絶品」と称し、[★10] 中野孝次が「ぼくの愛してやまない紀行文」と語っている。[★11] 二段組の全集版で八〇ページあまりの文章で、立松和平にいたっては、「日本語で書かれた紀行文学の白眉」とたたえ、「私は今から二十年前、金子光晴が放浪したほぼ五十年後、『マレー蘭印紀行』の文庫本を持って同じ風景の中をたどったことがある」とまで述べています。[12]

愛好者群像は後を絶ちません。最近になってまたひとり、前出の鈴村和成が、あきらかに『マレー蘭印紀行』を意識しつつ、その七十年後の反復のようにマレー半島やジャワ島を歩きまわり、そこでランボーと金子光晴の足跡が交錯する瞬間を夢見たりしながら、あらたな紀行文学の創出に挑んでいます。もちろん、『マレー蘭印紀行』が「他の追随を許さない紀行文学の傑作である」ことも忘れずに書き添えながら。[13]

本題に戻りましょう。すでにふれたように、この紀行文は全集では「自伝」の巻に収められているわけですけれど、不思議というか何というか、詩人自身のことが直接語られるということはほとんどありません。そこに着眼して、前出の沢木耕太郎は、つぎのように的確にこの作品の性格をつかみ出しています。

『マレー蘭印紀行』はきわめて独特な作品だといえる。たとえば、一九六〇年発行の修道社版世界紀行文学全集の『南アジア編』には、『マレー蘭印紀行』が出た一九四〇年前後の紀行文も多く収められているが、そのどれもが『マレー蘭印紀行』とは違った書き方がされている。書き手である「私」がいて訪れた先の「土地」がある。すべてがそのように描かれている。だが、『マレー蘭印紀行』には、「土地」はあるが「私」は存在しないのだ。とりわけその中心をなすマレー紀行には、ほとんど「眼」と「耳」と化し、ひたすら「土地」を映す

ことに専念しているかに見える金子光晴が存在するだけである。★14

『マレー蘭印紀行』はこうして、きりもなく自己を語る詩人金子光晴が、例外的にそのポジションの外に出て書きつづった作品、といちおうは言えるでしょう。また、同じ東南アジアに取材しながら、長詩「鮫」におけるような帝国主義批判、植民地主義批判が鋭く繰り広げられているというわけでもありません。こんな書き出しです。

川は、森林の脚をくぐって流れる。……泥と、水底《みなぞこ》で朽ちた木の葉の灰汁《あく》をふくんで粘土色にふくらんだ水が、気のつかぬくらいしずかにうごいている。

ニッパ——水生の椰子——の葉を枯らして屋根に葺《ふ》いたカンポン（部落）が、その水の上にたくさんな杭を涵して、ひょろついている。板橋を架けわたして、川のなかまでのり出しているのは、舟着き場の亭《ちん》か、厠か。厠の床下へ、綱のついたバケツがするすると下ってゆき、川水を汲みあげる。水浴《マンデ》をつかっているらしい。底がぬけたようにその水が、川水のおもてにこぼれる。時には、糞尿がきらめいて落ちる。★15

よどんだ水の喚起から始まるというのは、そしてすぐさま糞尿のイメージまで動員されているというのは、いかにも金子作品らしい書き出しですが、それにしても、詩人主体はむしろ後景にしりぞいて、沢木氏の言うような、いわば眼だけの存在に還元されています。そしてそれが巻末までつづくのであって、いつあの「どくろ杯」的な人間模様が出てくるのかと期待していると、少しはぐらかされたような気持ちになります。これは出版意図ともかかわることでしょうが、『マレー蘭印紀行』一巻は、詩人の眼というカメラアイが捉えた、南洋の風物自然をめぐる静謐なルポルタージュなのです。そう、制作年代に四半世紀以上のへだたりがあるとはいえ、あの自伝三部作と同じ作者によって書かれたとはおよそ思われないような。

それだけではありません。「私」という主体の奇妙に希薄なこの特異な紀行文は、その微視的なまなざしに散文家としての資質をうかがわせはするけれども、しかし隅々まで詩の香気にひたされてもいて、もうほとんど散文詩といったほうがふさわしいような箇所もあります。たとえばこんなふうに——

> 迂曲転回してゆく私の舟は、まったく、植物と水との階段をあがって、その世界のはてに没入してゆくのかとあやしまれた。私は舟の簀に仰向けに寝た。さらに抵抗なく、さらにふかく、阿片のように、死のように、未知に吸い込まれてゆく私自らを感じた。そのはてが遂に、一つの点にまで狭まってゆくごとく思われてならなかった。ふと、それは、昨夜の木菟の眼をおもわせた。おもえば、南方の天然は、なべて、ねこどりの眼のごとくまたゝきをしない。そして、その眼は、ひろがって、どこまでも、圧迫してくる。人を深淵に追い込んでくる。★16

　またしても水です。金子光晴にもっとも親和的な四大が水であることに誰も異論はないでしょう。ここでガストン・バシュラール——なつかしい名前ですけれど、そのバシュラールの『水と夢——物質的想像力についての試論』を参照してみましょうか。[17] さまざまな水が論じられています。明るい水、春の水と流れる水。深い水、眠っている水、死んだ水。複合的な水。母性の水と女性の水。優しい水。荒れる水。金子光晴の水はどれでしょう。強いて言えば、いくぶん「深い水」の特徴を帯びつつも、おおむねは「母性の水と女性の水」でしょうか。バシュラールの視野にはありませんが、これにアブジェクシオンの対象としての性質（汚れやおぞましさ）を加えるとき、光晴の水に近づくといえるでしょう。じっさい、さきほどの糞尿のイメージにつづいて、この引用箇所の少しあとにも、「森の尿《いばり》」という印象深いメタファーが出てきます。

　いずれにしても、水をテーマにするとき、いや、水とともにあるとき、この詩人のエクリチュールは活性化され、それ自体がひとつの身体的なリアリティと化すかのようです。この引用箇所などはその好例でしょうが、そうした箇所を読むにつけても、私にはいまひとつこの作品のモチーフがわかりません。跋に、「幸いに、熱帯地の陰暗な自然の寂寞な性格が読者諸君に迫ることができたら、この旅行記の意図は先ず成功というべきである。南洋案内、南洋産業地誌に類する書籍と併読されゝば、一層、具体的な効果をおさめえられると思う」[18] 云々とあるので、もしかしたら当時の南方志向にあてこんで売られることをもくろんだのかもしれません。さきほど出版意図と言ったのはそういう意味ですが、だとすれば、この引用箇所などはむしろ「彫りが深」すぎて目障りでしょうし、また「熱帯地の陰暗な自然の寂寞な性格」というのも、詩人の眼それ自体の暗さがもたらした感想という気がしないでもありません。

　というわけで、私にはむしろ、この作品が本気で紀行文を、したがって通常の散文をめざしたというより、それを口実にした、広い意味でのスケッチないしは文体練習のように思われるのです。しかも、詩に至るための。スケッチないしは文体練習であればこそ、「私」が前面から退くということもあろうというものです。

　ここでひとつ、紹介してみたい興味深いエピソードがあります。『現代詩読本・金子光晴』の討議のなかで、さきほども名前を出したアナーキズムの詩人秋山清が、つぎのように若き日の光晴との交遊の一端を語っているのです。

> ぼくが金子と詩の技術のこと、書くことで話したのは一度しかない。そこでどう詩の書き方を勉強してきたのかと聞くと、おれは最初はものごとを文字に写すこと、そういうことをやってみた。そういうことだけであとはなにもないんだ、と言う。若い出発の頃にそれをやったと言うんだ。縁の下とか火鉢の灰だとか、そういう題を出してそれを描写するというのを二、三百もやったというんだ。★19

これにはじつは光晴自身による証言の裏付けもあって、自伝『詩人』のなかに、

僕は帰朝後、一年間、デッサンの仕事に熱中した。デッサンの仕事とは、つまり、写生詩で、身辺の物象、風景その他、目にふれるものを、十六行詩にまとめて、活写する練習である。★20

とあります。十六行詩が散文形式となり、「身辺の物象」がマレー半島やジャワ島にまで拡大された「デッサンの仕事」のヴァージョンが、すなわち『マレー蘭印紀行』にほかならない――そう考えても、あながち間違いではないわけです。

言い換えるなら、この紀行文に「私」という主体が希薄なのは、それが対象への注視を詩的に言語化することのなかにそっくり吸収されているからで、そのように捉えたときはじめて、この『マレー蘭印紀行』が金子文学全体のなかに占める位置というものもはっきりするような気がするのです。それはつまり、『鮫』なら『鮫』という詩集がある頂点を築いているとすれば、それを深いところから支える基底のような位置です。制作年代的にも、『鮫』の刊行が一九三七年。『マレー蘭印紀行』の刊行より数年前ですが、光晴がじっさいにマレー半島やジャワ島を旅したのは一九三〇年前後で、したがって両者のじっさいの執筆時期も、相前後していたように思われます。というか、詩人はまず散文において想像力を対象へと赴かせ、そこでさまざまに現象する言語と事物の渉り合いをそっくり詩行の構築のなかに持ち帰った――とそういうことなのかもし

れません。

いや、金子ワールドにおいて、詩と散文の関係はさらに複雑であり不可分であるというべきでしょう。基底としての散文。基底に散文があって、それがそれ自体のリズムや水という物質的イメージに促されてなにやら自己組織的にうごめきだし、「彫り」を深くし、ついにはそれ自体を持ち上げて描写の対象や初発のモチーフを凌駕してしまうとき、そのとき、金子ワールドにとって詩が近い——とそんなふうな変容の力学になっているのではないかとさえ思われます。詩をやめた詩人に詩が戻ってくるのはそのようにしてであって、決して、詩的感興の赴くままに、あるいは詩的な言葉の組成されるがままにというふうではありません。だからこそ、四季派全盛の昭和一〇年代に、きれいごとの詩、共同体的感情に凭れた詩からひとり離れて、それとはまったく別の、まさしく共同体批判としての詩を書くこともできたのでしょう。

4　泥のトポス

また晩年には、「小説」として発表された『風流尸解記』という、これもまた特異な散文作品がありますが、はたして額面通り小説といえるかどうか。そこには、金子光晴が戦後になって引き起こしたある恋愛事件の顛末が描き出されています。これも伝記的事実を追い出すとそれなりに面白く、きりがありませんが、戦後、抵抗詩人として一躍有名になった光晴の周囲には、いわゆるファンや弟子志望の詩人の卵たちが集まり出したことでしょう。なかには若い女性もいたでしょうし、その一人と男女の関係に入る——以前裏切られた妻への復讐の意味もあり、初老に近い男の屈折したエロス的衝動ともあいまって、いかにも起こりそうなスキャンダルです。のちにポルノ映画の題材にもなったくらいですから。そう、元高級軍人家庭の令嬢にして詩人志望、大川内令子とのスキャンダルです。

ただし、『風流尸解記』においてはかなりデフォルメされたかたちで事件は移されており、自伝ではなく小説と作者が銘打ったのもいちおうなづけないこともありません。中年の男が盲目の少女に会う。男は少女を抱いたあと、泥池に沈めて殺す。だが少女はゾンビのようにふたたび姿をあらわす。さらなる少女との情事、男の逃走、そして今度こそは本物の少女の死。とそんな感じの筋ですが、物語としてあまり要領を得た展開にはなっていません。

しかし、作品においてそれ以上のことが起こっているのです。何度か逢瀬が語られてゆくうちに、韜晦でしょうか、曲折を経たらしい現実からの干渉でしょうか、唐突に鬼が登場したり、ネクロフィリア（死体愛好）的な夢の場面が挿入されたりして、物語は途中からにわかに幻想的な雰囲気を帯び、同時に遅滞しはじめます。なによりも印象的なのは、そこにこそ金子文学ならではのエネルギーが感じられるというような、夥しい女の死骸や腐敗物で満ちた池の描写でしょう。

池のおもてにも霧が這って、そのしたに半眼をあけて、水が眠っていた。水のほとりにしゃがんで、その男は水に指先を涵した。おもいの他、水はつめたかった。水の底はくらくて見えなかった。その男は、今度は、片足を入れ、もう一方の足も入れて立とうとしたが底ぶかくて、そのままからだも沈んでゆきそうになった。狼狽して岸に手を突き、浅いところを足探りしてさがした。下駄をぬいだ素足が柔いものを踏んづけた。顔であった。足の指のあいだに挟んだ髪がながいので、女とわかったが、それは、あの少女ではなかった。踏んでゆくと、乳から腹とつづいているからである。岸づたいにゆくとまた別な屍体をぐにゃりと踏んづけた。腐爛しかけたふるい屍であった。おびただしい遺棄屍体で、この池の底はうずまっているらしい。[21]

こうして、水や腐敗に関する独特の金子的想像力が幻想を引きまわしてゆくような、そしてそれがいつのまにか白蛇伝説の奇譚風に収束してしまうような後半部は、自在といえば自在ですが、小説の結構としてはどうみても異形であり、自伝三部作以上に、詩人の書いた散文という限界をあらわにしているように思われます。

限界？　いや、可能性というべきかもしれません。原満三寿もその『評伝金子光晴』のなかで、

『人間の悲劇』と『IL』で試みられた散文と詩を交互に渾然一体とする手法が使われている。というよりも、散文部分はすでに、散文詩とでもいうような、深い幻想と繊細なリアリティに裏打ちされ、詩と文が男女が絡みあうようにもつれ、光晴にしか書けない文体を実現した。★22

とこの「小説」を評価しているように。『風流尸解記』自体は晩年の作品ですから、そのときすでに光晴の主要な詩はほとんど書かれてしまっているわけですけれども、時系列を無視して、こう言うことができるでしょう——金子光晴の散文は、あるいはすくなくとも散文への志向は、その特異さによって、むしろ詩においてこそ活かされるべきものであろうと。『マレー蘭印紀行』同様、『風流尸解記』からの引用箇所においても、散文は水と腐敗という金子的テーマを与えられて、にわかに、そしていわば必要以上に生気づき始めているように思えないでしょうか。そうして、リズムのうねりや物質的イメージともつれあうようにして、ありうべき小説の筋から逸脱してゆくかのようです。言い換えるなら、事物の指示性において透明であるべき散文が、その指示性をみずから凌駕して、詩の基底としての不透明性を次第にむきだしにしてゆくかのようです。さらに言えば、『風流尸解記』全体を通して詩人は、かかる不透明性に文字通り「片足を入れ」、あるいは「柔いものを踏んづけた」りしながら、それこそ全身でその不透明性と格闘しているとみえなくもありません。泥のトポスというべきでしょう。そしてそこに、詩の行為と不可分な身体の地平があらわれているのです。

ここからふたたび『マレー蘭印紀行』へと立ち戻りましょう。『ねむれ巴里』のなかに一ヶ所だけ、パリはモンパルナスの安宿で、のちにこの紀行文に結晶するとおぼしい旅のメモに手を入れるという場面が出てきますが、それはまるで、ヨーロッパに漂泊の身を晒しながらも、身体のさらに奥深い部分はなおまだアジアの密林や沼地や都市に遅滞して、その沈黙や暑熱や泥や水や女たちと格闘している、とでもいうようです。それと呼応するように、『マレー蘭印紀行』では、

寂寞があまりふかいので、夜夜は、自分自身の耳鳴りの物騒がしさにも似て、夜の深さを占めている遠近の、耳にとゞかぬざわめきのために私は、ねむりつけぬことが多かった。その様な時には、ひとりこっそりと起き出で部屋をぬけ出し、支那下駄をつっかけ、ゴム園のなかや、その近所をほうつき歩くのであった。懐中電燈の光を投げては、投げては、先に進んだ。それなしには一歩も、先へ足を踏み出すことは出来ないのであった。光の届く限界に、枝と枝とがひっ絡み、青々した葉と葉がひしめきあう森林の一部分があった。森全体の厚味が、いきたものの寸分のすきまもない重なりあいで、はてのはてから充塡されてきているたゞなかへ、一足ずつ割込んでゆく私自身に、本能的な、血みどろな快楽をさえおぼえるのであった。★23

泥のトポスにおけるこのような格闘――「本能的な、血みどろな快楽」ともみまがう格闘からこそ、これからみる金子ワールドの精髄がもたらされるのです。

★註

★1――たとえば晶文社のベスト・エッセイ・シリーズ『21世紀の日本人へ』全七冊（一九九八―九九年）のなかに金子光晴が入っています。探せばまだほかにもみつかるでしょう。

★2――飯島耕一『悪魔祓いの芸術論』（弘文堂、一九五八）、八六ページ。

★3――季刊詩誌「反世界」（一九六七）、での、木々高太郎、吉田一穂との座談会より。『現代詩文庫・金子光晴詩集』（思潮社、一九七五）、一五五ページ。

★4――『全集』第二巻、七ページ。

★5――『全集』第一巻、一三三ページ。

★6――鈴村和成『ランボー、砂漠を行く』（岩波書店、二〇〇〇）。

★7――『新潮日本文学アルバム45・金子光晴』（新潮社、一九九四）、二ページ。

★8――同書、九七―一〇三ページを参照のこと。

★9――『全集』第七巻、四六四ページ。

★10――『現代詩読本3・金子光晴』（思潮社、一九七八）、一七五ページ。

★11――中野孝次『金子光晴』（筑摩書房、一九八三）、九五ページ。

★12――読売新聞、二〇〇一年七月三日付夕刊。

★13――鈴村和成『金子光晴、ランボーと会う』（弘文堂、二〇〇三）。

★14――『新潮日本文学アルバム45・金子光晴』、九八―九九ページ。

★15──『全集』第六巻、一一ページ。
★16──同書、一七ページ。
★17──ガストン・バシュラール『水と夢──物質的想像力についての試論』(小浜俊郎・桜木泰行訳、国文社、一九六九)。
★18──『全集』第六巻、九四ページ。
★19──『現代詩読本3・金子光晴』、二〇ページ。
★20──『全集』第六巻、一五七ページ。
★21──『全集』第九巻、三九─四〇ページ。
★22──原満三寿『評伝金子光晴』、六四一ページ。
★23──『全集』第六巻、二一ページ。

第2章　身体の地平へ

1　近代詩批判——「エルヴェルフェルトの首」

小説としては不充足な、あるいは不安定な光晴の散文。とくにそれは、水や腐敗といったテーマを与えられると、小説的言説の秩序を無視するかのようにみずからの基底——リズム的うねりや物質的イメージへのもたれ——を持ち上げ、むきだしにします。そして、それがそのまま金子詩生成の基底になっているのではないか。前章ではそのようなプロセスをみてきました。

あるいは、だからこそ光晴の散文は、詩の方に逆流するほかないのだともいえるでしょう。『新雑事秘辛』のなかで金子光晴は、「詩人が詩に封じこめられてる」状態について語っています。[★1]佐藤春夫や三好達治といった具体例まであげて、このパラドックスが日本の近代詩を狭くしてしまったと言いたいのです。詩人は詩を通じて世界へと開かれるべきなのに、ある種の美しく整えられた詩形式は、かえって詩人を、日本的な抒情の醸し出される寂しい境地へと閉じ込めてしまう。とすると、いま述べた散文の逆流は、そうした閉域から未知のより広い詩的言語の可能性へと詩を開いてくれるかもしれません。そのような希望のもとに書かれた金子作品が少なからずあるはずです。

たとえば『老薔薇園』という、あの欧州への放浪の終わり頃に書かれたとされる、単行本としては未刊の詩集があります。それゆえ注目されることも少ないのですが、散文形式だけで編まれたユニークな詩集です。しかも、散文詩というよりはコントや短篇小説に近い作品も含まれて、雑多という印象も否めないのですが、しばらくのあいだこの詩集に焦点をあてて、「詩人が詩に封じこめられてる」パラドックスを金子光晴がどのように回避したか、そうしてまた詩を通じて世界へと開かれる契機をいかにして見出したか、そのあたりをみてゆくことにしましょう。

金子光晴の渡欧が詩業の行き詰まりというモチーフも多少はらんでいたらしいことは、序章に差し挟んだ伝記のおさらいのところですでに述べました。光晴が詩壇に地歩を築いたのは、大正十二年（一九二三）刊行の詩集『こがね虫』によってですが、その反時代的な耽美高踏の意匠が、かえって斬新かつユニークに映ったようです。ところが、同じ大正十二年の関東大震災を境に、光晴自身の言葉を借りれば「詩壇の大変動」が起こったのであり、伝統的な抒情詩路線や大正デモクラシーを背景とする民衆詩派は後退し、かわってアナーキズム詩やプロレタリア詩が台頭して、さらには昭和初期のモダニズム詩までもが用意されようとしていました。たとえば『こがね虫』と同じ大震災の年に、高橋新吉の『ダダイスト新吉の詩』が出ています。ついで大正十四年（一九二五）には、萩原恭次郎の『死刑宣告』。こうしたなかで、ただでさえ蒼古な感のある『こがね虫』の詩風だけでは、たしかに行き場をなくすようなところがあり、下手をすれば名詩集一巻だけのマイナーポエットとして早くも過去へ押しやられようとさえしていたのです。

もちろん、光晴自身も『水の流浪』（一九二六）や『鱶沈む』（一九二七）といった詩集を相次いで出しており、沈黙してしまったわけではありません。しかし前者は、義父の遺産が底をついて困窮し始めた生活の反映でしょうか、うらぶれた感じの漂う暗いトーンの詩集ですし、水もしくは海洋性という重要なテーマ系がうかがえるとはいえ、

　およそ、疲労《つかれ》より美しい感覚はない。
　おゝ、硝子壜の中の倦い容積を眺めよ！[★2]

というような詩情では、斬新さにおいてたとえば『ダダイスト新吉の詩』のなかの、

　　　皿を割れ
　　皿を割れば
倦怠の響が出る[★3]

という詩句にはかなわないでしょう。また後者は森三千代との共著で、ときには社会的現実への鋭いまなざしが感じられることもあり、タイトルともどものちの『鮫』を予告させないこともありませんが、おおむねは中国旅行に題材を取った風物詩といった趣です。

詩業の行き詰まりにはこのような背景がありました。では、どうしたら打開できるのでしょう。環境が変われば作風も変わると考えるのは当然です。そう、日本脱出。ところが、行った先のパリでは底辺を這いずりまわるような生活の連続で、まさに「詩人を捨てちゃった」状態を地で行き、とても詩のことを考える余裕はなかったようです。環境が激変しすぎたのです。それがいよいよパリでの生活が立ちゆかなくなり、ベルギーの旧知の親日家の家庭に身を寄せるようになって、詩人は少し平安を取り戻します。十年前の最初の渡欧のときにもそこに一年半ほど滞在しており、後年、「この滞在の一年半は、僕の生活にとってもっとも生き甲斐ある、もっとも記念すべき期間となった」★4と回想しています。そこは、ヨーロッパにおけるこの詩人の避難所のような場所だったのです。そのくつろいだ雰囲気のなかで、光晴は自身の詩業の行き詰まり、具体的には『こがね虫』から『水の流浪』にかけてのそのあまりにも芸術至上的な書き方を振り返り、それとは趣の違う散文形式の作品を実験的に試みたのではないでしょうか。それが『老薔薇園』だと考えられます。

この詩集はまた、インド洋での航海日誌をまとめた「印度記」や、ジャワで見聞した民族運動の指導者のさらし首に異様な関心を向ける「エルヴェルフェルトの首」なども含み、ある意味ではのちの『鮫』を用意する重要な転回点をなしているようにも思われます。が、まず、表題作を読んでみましょう。

うす絹の肌着はよごれ易い。ちよつと汗ばんでも、四五日ぬがずきつゞけただけでも、うす黄ろく染まり、くろく垢づく。★5

何のことかと思ったら、これが薔薇なのです。フローラを持ち出すのに、いきなり肌着のなまなましい描写、それも汚れの喚起から始めているところが、いかにもこの詩人らしくて面白く、肌着はここで薔薇のメタファーになっているというよりも、肌着から薔薇へのイメージの推移があるといったほうが的確なほどです。肌着から薔薇へといつのまにかカメラがパンしたというような、映像的効果。そしてそれは、部分をどこまでも部分として扱ってゆく散文の緩慢さが産み出す効果なのだともいえるでしょう。言い換えれば、隣接性ということです。そして、肌着自体は身体とも隣接していますから、ここで詩人が発見したのは広く身体ということかもしれません。

さて、作品自体はこの饐えたような薔薇の花園にきまじめな僧正を登場させ、さらにその僧正の夢見のなかに、近親相姦にふける兄妹を出させるという、いわば、ささやかな聖アントワーヌの誘惑といった展開になるのですが、あまり出来のいいコントとは思われません。しいて言えば、詩人はここで饐えた薔薇園をヨーロッパにたとえ、その静かな凋落を、東洋から来た気軽な旅人の視点から確認したということでしょうか。光晴が渡欧した両大戦間は、迫り来るファシズムと戦争の予感のなかで、いわゆる「西洋の没落」が語られた時代でもあります。それかあらぬか、「ヨーロッパにはなんの魅力もない」とすでに「印度記」に光晴は記していますけれども、[★6]そのことを旅の終わりにあらためて確認しつつ、汚れた肌着のイメージや近親相姦の悪夢で彩色したということなのかもしれません。そう考えると、この表題作もにわかに重要性を帯びてきます。
　というのも、詩集『老薔薇園』において、西洋の限界の隣にはアジアの悲劇が置かれているからです。それが「エルヴェルフェルトの首」という作品です。エルヴェルフェルトというのは、オランダによるインドネシア支配に反逆して処刑された昔の混血の民族運動家の名前で、そのさらし首が、詩人がジャワを旅行した頃にも、「バタビヤの第一の名前」として残っていたのです。作品はその印象記ですが、詩人は反逆者の風化したさらし首に、異様といっていいほどの関心を寄せます。もちろん、それがグロテスクだからというだけではありません。ここでも問題になっているのはひとつの身体の発見、換喩的な身体の発見なのです。

　丁度この首のあるあたりから荒廃地になつて椰子の林がつゞいてゐて、強烈な太陽の光を浴び、それを引き裂き、あらくれた意慾で、ふざけまはつてゐる。[★7]

そう、首はアジアの大地に接続しており、それゆえ、「壁のうへで、いまもはつきりと謀反しつゞけ」、「私の血を花のやうにさわがせていつた」[★8]。「詩人を棄てちゃった」時期、散文の試行によって光晴は、抵抗と詩的大地についてのこのようなあたらしい展望をひらきつつあったのです。そしてさらに、その首の「無所有の精神のうつくしさ」（この「無所有」という言葉の選択に、光晴が親しんだアナーキズム思想が反映しています）が火という物質的イメージと結ばれて、つぎの基底的な散文の露出――いわば金子詩への相転移――を促すのです。

遠雷がなりつゞけていた。私の辻馬車《サード》は、じやがたらの荒れすさんだ路をかけぬけようとあせつてゐた。うちつゞく椰子林のなかの光は鈍く、反射し、てりかへし、あたかも、天地のすみ〴〵に、いたるところにしかけた火薬がふすぼりだして、いまにも爆破しさうな瞬間のやうにおもはれた。そして遠方にならんだ椰子の列は、土嚢をつんだやうな灰空の下で、一せいに悲しい点字の音のつゞくやうに機関銃をうちはじめた。[★9]

ここまで来れば、長詩「鮫」まではあと一歩でしょう。「鮫」の第三部は、やはり火のイメージのうちに詩的大地が示されて、

コークスのおこり火のうへに、

シンガポールが載っかってゐる。★10

と始まります。

2　キリストの変容

金子ワールドにおいて散文が詩にいかに富を与えているか。それは戦後になっても同じことです。戦争が終わると金子光晴は、『落下傘』『蛾』『鬼の児の唄』といった、『鮫』以降も書き継がれた戦前戦中の作品群を、つぎつぎとレジスタンスの証のように刊行しますが、同時に、それらとは一線を画したところから、本格的な戦後の仕事に取り組み始めます。このあたりが光晴のすごいところで、以前『こがね虫』のマイナーポエットにとどまっていなかったように、今度は抵抗詩人の栄光にもとどまっていないのです。というか、抵抗詩人という枠にはめられるのを光晴自身が嫌って、みずから別の可能性を示そうとしたのです。

さてその第一弾、全集本でも一五〇ページにもなる力作『人間の悲劇』は、詩による自叙伝の試みともいうべきものですが、それに散文を混淆させることによって、自己を語る複数の視点をつくり出しています。あるいはそこに、記憶と現在、幻想と現実とが自在に交錯する、近現代詩史にあって空前の、いわば壮大な歌物語といえるでしょう。行分け詩の部分は、たとえばつぎのように書かれます。

いつからか幕があいて
僕が生きはじめてゐた。
僕の頭上には空があり
青瓜よりも青かった。

これにつづく散文の部分は、

ほかの人なみに、僕も、僕の青空を背負って、このよにうまれ出た。どこまでいっても水田があり、そこにうつってゐるのは、しぐれがちな日本の錫箔をはった空だ。さざなみが立って、幣束がつきささってゐる水田。たんぽぽとちからぐさのはえてゐるその畔路から、僕の不運がはじまった。★11

このように、「唄」の提示と、それにつづく自注ないしは省察の展開が対位法のように絡まり合って、詩人はいわば、抒情主体であるのみならず、その発話行為をも包摂するある種の文明批判者であろうともしています。そこにこそ、抵抗詩人としての枠にはめられるのをきらい、それを超えてゆこうとした金子光晴の意欲の強さ、スケールの大きさがうかがえるというものです。そうして『人間の悲劇』の全体は、娼婦へのまなざしや死についての想念を織り込みながら、たんなる自叙伝という以上のものをもたらします。すなわち、「世界の人間が一枚のヒフでつづいてゐる宿命」が、「際限もなくひろがるヒフを／じぶんのかたちなりに切取って／人間の立ってゐる姿と／その影の奇怪さ」[★12]が、描き出されてゆくのです。無限の身体的連続としての皮膚の発見——そのテーマについては終章で本格的にふれたいと思いますが、ここでは、序章で紹介した「横ひろがりにひろがっただけの」上海の描写にも似て、それがいかにも散文の詩学にふさわしい成果だということを確認しておきましょう。

ところで、『人間の悲劇』には、「海底をさまよふ基督」という奇妙な詩篇が挿入されています。

　キリストとは、なんだらう。
　へっ。しらないのか。あれは
　畸型胎児だ。[★13]

この主題を全面的に展開したのが、数年後の詩集『IL』です。うらぶれたキリストが日本に上陸するという奇想天外な一種の物語詩ですが、そこにも、詩と散文の混在やその自在な交代があり、というか、かぎりなく散文に近い詩行、散文が逆流して語りの自在な伸縮を繰り返すような詩行が展開し、それがキリストの聖性剝奪のみならず、「下降への憧れ」に生きる不思議に人間的な新生キリストの活写を容易にしているようなところがあります。

それはまた、キリストという特異なケースを通じての身体の地平の発見ともいえるかもしれません。キリストのもっとも不思議な特性は、磔刑からピエタへとあれほど全裸に近い身体を晒しながら、身体自体は少しも問題にされないということでしょう。身体はあくまでも受難や犠牲のメタファーとして機能しているかのごとくであり、あるいはメタファーという透明なフィルターの心理的効果によって、身体の身体性はさながら見えすぎて見えない盲点のように隠蔽されているというべきなのかもしれません。金子光晴は、いわばそういうメタファーの覆いからキリストの身体を盗み出して、身体が身体でしかない場所に置き直そうとします。

改めて、僕はながめる。大地の奈落をおもはせる神の冷酷から、人間をかばふために、
いまなほ、身を盾にして、さまよひつづけてゐる叛逆人のなれのはてを。
高貴なたましひをもちながら、人間の子に生れてきたばつかりに、どんな下衆どもとも
寸分かはつたところのない、そのあかはだかを。

（……）

祝福しよう。光栄あるあなたのインポテンツを。
あなたの不毛を。
あなたの童貞を。
すこしもそれを、ひけ目におもったりすることはない。
まうろく頭巾をかぶったままの、あなたのその部分は、

たとへ、あなたが亡びる日があっても、その純潔が、報いを天にうけて
永遠の生をうるばかりではなく
地上の女どもの人気をあつめ、永生への、
あくがれの象徴《シンボル》となることであらう。★14

というわけで、ピンと来た人もいるでしょう。そうです、こんなふうにしてキリスト——身体としてのキリストは、ちょうどあの「エルヴェルフェルトの首」と同じ地平に置かれているのです。

3　呼吸とリズム——初期金子光晴

金子光晴における、散文の詩への逆流。しかし、あるいは順序が逆かもしれません。もともと詩のなかにあった散文的な要素が、しばしばこの詩人に、独特の散文を書かせたのだというべきなのかもしれません。

総じて金子光晴の詩は、たとえ行分けであっても、散文的です。いまその一部を引いた『IL』にしても、それからその前の『水勢』という長篇詩にしても、詩の一行一行が長く、語りの構造やリズムを持ち、比喩もストレートなものが多い。場合によってはその長い一行がいつのまにか散文の一パラグラフに成り変わっていたりします。

そして、金子詩のそうした散文的傾向は、ごく初期からしてそうなのです。その理由のひとつには、詩的出発にあたって、当時流行のいわゆる民衆詩派や、そのバックボーンであった十九世紀アメリカの大詩人ホイットマンから少なからぬ影響を受けたということがあるでしょう。民衆詩派の詩というのは、口語自由詩の最初の飽和点のようなもので、行分け形式でありながら、みずからのその形式への無自覚を特徴とするようなところがありました。金子光晴の詩的出発がその特徴を共有していたという事実は、無視できないことのように思われるのです。
なるほど、戦後に発表されたいわば処女詩集以前ともいうべき最初期の習作『香炉』を読むと、うら若い光晴が、白秋や露風の影響下にあっただけではなく、つぎのような朔太郎ばりの詩まで書いていたことがわかります。

苔

ほのぼのと
いちめんの苔があかるくなり
火のやうにあかるくなり

苔むす
苔むす苔の底から
たたいてくる狂気の鉦《かね》の音
ああ。そこに私の屍を
血みどろな苔むすしたにうづめてくれ。
あかるい脛、そのままに埋めてくれ。★15

連用中止形「あかるくなり」の反復や「苔の底」というイメージが、朔太郎のあの「竹」連作を想わせないでしょうか。調べてみると、萩原朔太郎の『月に吠える』の刊行が一九一七年（大正六年）で、この年、金子光晴は友人と詩の同人誌を始めています。『香炉』の制作年代ははっきりしないようですが、詩を書き始めた一九一五年からだいたいこの頃までとみて間違いなさそうですし、とすれば、そこに『月に吠える』の影響が読まれるとしても不思議ではありません。★16

ところが、金子安和の本名で自費出版した処女詩集『赤土の家』（一九一九）では、大正デモクラシーを背景とする民衆詩派の書き方が朔太郎の模倣を凌駕してしまうのです。これは光晴がたんに当時の流行を追ったとか、周囲の詩の仲間から感化されたとか、そういうレヴェルだけの問題ではありません。「デモクラシーは、僕にとって、辿りついた駅亭であり、水飲み場であり、ほっとした息つぎ場であった」と光晴自身は述懐していますが、★17 この傾向を、金子詩の生成という視点からさらに積極的に評価するなら、形式への無自覚という危うい地点に詩人は立って、同時にその無自覚がはらむある種の呼吸、従来の抒情詩の音数律的なリズムとは異質の、叙事や社会批判に適した呼吸の可能性をかぎ取ったというべきです。

僕らは麦のさやにつく小さな虫である。

激情の小さな羽ばたきと、
くらい喪神とを持つ、
僕らはこゝろの自由な虫けらである。

僕らは終日、麦の穂の中にゆられ、
麦の穂は、
おそろしく晴れあがつた蒼空をしづかにさわがせてゐる。

（「麦の穂を枯らす虫」★18）

しかし、なんといっても『こがね虫』という名詩集、抒情的な美を抽出したような詩集があるではないか、という人もいるでしょう。さきにも述べたように、金子光晴はこの耽美的高踏的な詩的世界の提示によって詩人としての認知を受けました。『赤土の家』から四年後の、大正十二年（一九二三）のことです。ちなみに、金子光晴というペンネームが使われるのもこの『こがね虫』からで、そうしたことからも、金子光晴の詩的出発といえば、おおむねこの詩集を指すという通念が出来上がっているようです。そこにはたとえばこんな詩が収められています。「雲」の冒頭、雲よ。
栄光ある蒼空の騎乗よ。

渺か、青銅の森の彼方を撼動し、
意《こころ》、王侯の如く倨傲《おご》り、
国境と、白金《プラチナ》の巓を渉る者よ。

お前の心情に栄えてゐる閲歴を語れ。
放縦な胸の憂苦を語れ。[★19]

あるいは「二十五歳」の冒頭、

振子は二十五歳の時刻を刻む。

夫は若さと熱禱《いのり》の狂乱《ものぐるひ》の刻を刻む。
夫は碧天《エーテル》の依的児の波動を乱打する。

夫は池水や青葦の間を輝き移動してゆく。
虹彩や夢の甘い擾乱が渉つてゆく。
鐘楼や、森が、時計台が、油画の如く現れてくる。
夫は二十五歳の万象風景の凱歌である。★20

これはもう、民衆詩派というより、芸術派の白秋か日夏耿之介でしょう。ところが、ここでも『香炉』と『赤土の家』との関係に似たようなことが反復されるのであって、それは『こがね虫』と並行して書かれた『大腐爛頌』という幻の詩集が、もし原型のままに刊行されていたとしたら、おそらく『こがね虫』を少なくともその気宇において凌いでいたであろうということです。幻の詩集というのは、その原稿を詩人が電車に置き忘れ紛失するというアクシデントがあって、未刊のままに終わったからです。自伝『詩人』のページに語らせましょう。

もう一冊は、仮に『大腐爛頌』という名をつけて、あたためていたものだが、丁度『こがね虫』とは別個な作品で、『こがね虫』のなかの「熊笹」と一連のような、地道で、意欲的な作品があつめてあった。『こがね虫』の多彩にくらべて、それは黒白であった。この詩集は、『こがね虫』と同時に、あるいは、すこしあとで出版する計画であった。『こがね虫』とその詩集を併せよんで、光と影の二つのトーンによって僕というものを認識してもらいたかったのだが、『こがね虫』の出版に先んじて、僕は、なにかつまらない考えごとで放心していたために、常に身辺から離さなかったその草稿を包んだ風呂敷包ごと、電車のなかに置き忘れた。友人達がそれをきいて、電車会社の遺品係りに行ってしらべてきてくれたが、遂にみつからなかった。

そのうち四、五篇は、下書があったり、おもい出して書き直したりしたが、おおかたは、長い詩のせいもあって、どんなに苦労して考え出そうとしても元通りのものができなかった。この詩集を失ったことは、今日考えてみても残念なことだった。★21

パソコンや記憶媒体のなかった時代の悲劇、といえましょうか。それにしても、いかに詩人がこの幻の詩集に期待し執着していたかがうかがえます。また、「『こがね虫』とその詩集を併せよんで、光と影のふたつのトーンによって僕というものを認識してもらいたかった」というのは、まさに正確な自己批評というべきで、なぜなら、すでに指摘した『香炉』と『赤土の家』から始まって、『こがね虫』と『大腐爛頌』、『路傍の愛人』と『老薔薇園』、『鮫』『女たちへのエレジー』と『蛾』、さらには戦後になってからの『非情』と『人間の悲劇』にいたるまで、「光と影のふたつのトーン」が、各時期に必ずといっていいほど詩集のペアとなってあらわれているからです。あるいはひとつの詩集のなかでトーンの交替が行なわれる場合もあるでしょう。いずれにもせよ、作品史を貫くこのような独特のリズム、それが金子詩の面白さであり、幅の広さであり、金子光晴が近代屈指の詩人たるゆえんのひとつでもあるのでしょう。

話を『大腐爛頌』に戻して、ちなみに、『こがね虫』のなかの『熊笹』と一連のような」と、幻の詩集との連続性が指摘されている「熊笹」とはどんな作品かというと、

粗暴な熊笹達が
見渡す限り繁茂してゐる。

と書き出され、また中ほどには、

沼辺、窪地、土手の上に
熊笹達は打伏し、重なりあひ、蔓つてゆく。
其闊葉は憤懣の余り　自ら怪奇に引裂いてゐる。
細い葉や　箨《たけのかは》は苛立の為め
ワナワナ　ワナワナ慄へてゐる。

ギシギシ集つてゆく大きな葉は、
空間を、不安な緘黙に凝固させる。[★22]

とあって、たしかに『こがね虫』の基調とは異種の響きが感じられます。そこから、多少は幻の詩集の雰囲気が伝わってくるのではないでしょうか。

失われた『大腐爛頌』へのもうひとつのルートは、ヴェルハーレンという名前です。金子光晴は最初の渡欧のときにフランス象徴派とその周辺の詩人たちの作品に触れ、それが『こがね虫』一巻をもたらしもしたのでしたが、なかでも、ベルギーの詩人ヴェルハーレンに傾倒しました。エミール・ヴェルハーレン、いまではほとんど忘れられかけている感もありますが、当時は――ましてや生地のベルギーでは――まぎれもない大詩人の扱いだったようです。その膨大な作品群は、近代社会のダイナミズムと同調するような、力強くうねる詩的呼吸を特徴とします。いま、ほかならぬ金子光晴訳によってその一端を紹介しましょう。そのタイトルもずばり「新しい都会」という詩の冒頭です。

大胆な一の捲揚機械が、
大きな石塊を一つ又一つ
空にまで上げるやうにみえる。

鋼鉄の索鎖は、
月の光に輝いてゐる。

(……)

おゝ、未来を創造するために
　協力してゆく此労働よ！
整頓一致した力の驚くべき雷鳴よ。
　囚はれた生活《じんせい》を
はるかにその圏内に蔵めて、
低く、俯瞰してゐるものよ。
我思想よ！　夫は、未来を縮図する段階をなせる石材よ。大理石よ。花崗岩よ。
　卿らのなかに在る。
白熱的大狂乱にむかつて
投げかけた千の努力を、
皆一緒《いつしよ》にしてしまへ。合せてしまへ。★23

『大腐爛頌』は、ひきつづきこのヴェルハーレンの強い影響下に書かれた詩集であり、しかも、主題を現実のおぞましさ一般にひろげた、叙事的な、うねるような、息の長いリズムを持つ作品群だったのです。下書きと記憶による再制作でしかありませんが、『全集』で読めるその本体の一部にも触れておきましょう。表題作は百五十行にも及ぶ長詩ですが、その結末部はこうなっています。

おゝ。日夜の大腐爛よ。

私が目をふさぐと、腐爛の宇宙は、
大揚子江が西から東にみなぎるやうに
私達と一緒にながれる腐爛の群の方へ、
轟音をつくつてたぎり立ち、
目をひらけば、光洽《あまね》く、目もくらみ、
生命の大氾濫となつて、
戦ひの旌旗のやうに、天にはためくのだ！[★24]

腐乱のテーマそのものは、当時としても格別あたらしいものではありません。金子光晴が愛読したボードレールの影響（ボードレールには「腐肉」という同種のテーマを扱った詩篇があります）もあるでしょう。だがここには、次章でみるように、やがてアブジェクシオン（母性棄却）の詩学として全面展開される金子光晴の、いわば生理に根ざしたモチーフの萌芽が認められるのです。腐乱と生命の同一視、何にせよそれはただごとではありません。光晴の場合、腐乱は死の脅迫というよりも、圧倒的な生の潜勢力の現実化そのものとしてあらわれるのです。しかもそれが、叙事の呼吸とリズムに乗って、まがりなりにも表現を得ているということ、そのことが重要です。つまり生の現実化＝言語化という詩的強度の最初のあらわれがそこに認められるのです。

4 「海のうはっつら」——メトニミーの場所

散文の詩への逆流。そして、もともとあった詩の散文的要素。それらが金子詩を独自の場所に位置づけていることはあきらかでしょう。しかし、それは必ずしも、詩的言語の凝縮性やイメージの衝迫力が希薄だということを意味しません。

金子光晴は生涯にかなりの詩を書き残しました。全集本にして五巻があてられているその量は、膨大といっていいかもしれません。それゆえに出来不出来のばらつきがあり、詩集として不発に終わったものもあります。だが不思議なのは、散文的であることが完成度の低さには結びつかず、むしろ詩的に語彙や技法を凝らしたような作品系列のほうが、今日からみてやや色褪せてみえるということです。『こがね虫』や『蛾』がそれにあたります。そうした作品系列もまた金子光晴の一面であり、それらを光晴が書いたという意義は、さきほども指摘したように、作品史を貫く独特のリズムとして、あるいはこの詩人の多様性を物語る要素として無視できないのですが、それにしてもたとえば、『蛾』に所収の、

天の殿堂に
脂燭ともれば、
薔薇と、火と、柘榴の
群晶は湧立ち、

（「肉体」★25）

というような詩行に、私などはどうしてもこの詩人の限界を感じてしまいます。はっきり言って、そういう詩語中心的に閉じた詩の系は、やはり吉田一穂とか、そういう詩人にまかせておいたほうが無難なのではないでしょうか。

金子光晴の本領は、詩語中心的に閉じた系の外で、なお詩的言語の凝縮性やイメージの衝迫力

を失わないというところにこそあります。言い換えるなら、そういうものを強度に帯びながら、にもかかわらず散文的だといいうるようなところが、金子詩の随所に感じられるのです。そう、前章でみたように、「詩人を捨てちゃった」者の強みというべきでしょうか。早い話が、足掛け五年にわたる海外放浪のあとでもたらされた詩集『鮫』です。この詩集が金子光晴の頂点のひとつであることに、誰も異論はないでしょう。その特徴は、ある意味できわめて散文的だということであり、しかし同時に、どこまでも詩と呼ぶほかないような言語の強度があるということです。詩のいわば開かれた系。それはどこからもたらされるか。

これまでずっとことわりもなしに、自明のことのように詩と散文の区別を設けてきましたが、一歩突っ込んで、では逆に詩が詩であるとはどういうことなのでしょう。抒情的であること。固有のリズムがあること。しかしまだ漠然としています。とりわけ近代以降の、詩イコール韻律という図式が崩れてからのちの詩と散文という問題に限定して考えてみるとき、詩が詩であるとは、メタファー中心的であるということではないでしょうか。それが通念のようなものをなしています。それゆえまた、ロマーン・ヤーコブソンのように、詩から散文へという二十世紀文学の特徴を、メタファーからメトニミーへという修辞学の位相を借りて語ることができたのです。

ここで少しレトリックのおさらいです。メタファーは隠喩もしくは暗喩と訳され、一般的に言えば類似性に基づく言葉の結合です。童話のタイトルで言えば「白雪姫」がそれにあたり、雪と姫とを白さという類似において結びつけたわけです。とはいえ、類似性というのはたぶんに恣意的主観的ですし、恣意的な類似のほうがインパクトが強いということもあって、西洋ではロマン主義以降、象徴主義やシュルレアリスムの詩人たちによって大いに開発されてきました。万物照応。遠い事物同士の結合。それらの詩的コンセプトはみなメタファーを抜きにしては語れません。

一方メトニミーは、換喩と訳され、こちらは事物の隣接性に基づく言葉の結合です。たとえば「赤ずきんちゃん」というメトニミーにおいて、赤い頭巾は女の子の身体に隣接しています。そして、この単純なユニットを大規模に展開し、増殖させたのものが、まさに小説の描写であるわけです。現実の事物の秩序の反映である隣接性は、したがって類似性ほど恣意的でありえません。飛躍はないのです。そのかわりに、細部から細部へと隣接性を積み重ねていった結果、エッシャーのだまし絵のように、そこに思いもよらないような反世界が結晶してしまっている、というようなことにもなります。

以上の区別をふまえてヤーコブソンは、詩中心のロマン主義から小説中心のリアリズムへと移行した西洋近代の文学史を眺め渡し、前者をメタファーに、後者をメトニミーに結びつけたのでした。もちろん、物事はそんなに簡単に割り切れるはずもなく、ヤーコブソンの説はかなり乱暴ですが（もっともヤーコブソン自身、詩においては「隠喩はいくらか換喩的であり、換喩はいくらか隠喩的色彩を帯びている」と述べています）、通念に沿っているという利点があり、ここでも利用してしまいましょう。★26 つまり、金子光晴の詩が散文的であるということ、言い換えるならそれは、メタファー中心的ではないということであり、むしろメトニミー中心であるということです。ヤーコブソンにとっては定義上不可能であり、あるいは語義矛盾であるこのメトニミー中心的な詩を、わが金子光晴は、ある種の力技で成し遂げてしまったといえるのかもしれません。詩集『鮫』の掉尾に置かれた同題の長詩にアクセスしてみましょう。ただしこの詩についてはもう一度第4章「南からのプロジェクト」でその本格的な読解を試みますので、ここでは表現法に的を絞った予備的なアクセスにとどめます。さてその書き出しは、

海のうはっつらで鮫が、
ごろりごろりと転がってゐる。[★27]

こうして、南海の洋上をうろつきまわる獰猛でグロテスクな鮫が描かれてゆきます。詩のなかほどで、鮫は軍艦と同一視されます。けれども、鮫は軍艦のメタファーという以上に、あきらかに西洋というものの、あるいは帝国主義一般や植民地支配というもののアレゴリーです。アレゴリーでありながらリアル、というところがこの作品を比類のないレヴェルに押し上げているわけですが、それを可能にしているのは、鮫を中心にどこまでも隣接性の世界が豊かにいきいきと、あるいはなまなましく提示されているからにほかなりません。

コークスのおこり火のうへに、

シンガポールが載っかってゐる。

ひゞ入った焼石、蹴爪の椰子。ヒンヅー・キリン族。馬来人。南洋産支那人《ババ・ナンキン》。それら、人間のからだの焦げる凄愴な臭ひ。

合歓木《スナ》の花と青空。

荷船《トンカン》。

檳榔の血を吐く――赤い眩迷。★28

見られる通り、ここにメタファーらしいメタファーはほとんど組織されていません。ではなにがあるのかといえば、ただ事物の列挙――といって悪ければ隣接性、つまりメトニミーです。「海のうはっつら」、それは鮫の生きる場所であるとともに、あえて言うなら、この詩の姿そのものなのです。海洋の詩学。一般にメタファーが奥行きや深さにかかわるとすれば、ここではメトニミーによってひろがりが――あるいは、いっそう端的に、表面が――示されます。そして、そのひろがりのなかに身体が見えかくれしています。「人間のからだの焦げる凄愴な臭ひ」、というように。金子光晴がその非メタファー的な詩の書き方によって開こうとしたのは、この身体の地平なのだといってもよいでしょう。

　思い起こしましょう。すでに伏線のようにほのめかしてきたことですけれども、散文的な詩学というラインに沿って引用してきた本章の金子作品の多くが、なんらかのかたちで身体とその周辺を登場させていたということを。「老薔薇園」における、薄汚れた肌着のイメージ。「エルヴェルフェルトの首」における、大地から生えているような反逆者の首のイメージ。『人間の悲劇』における、無限に続く皮膚のイメージ。『IL』における新生キリストのみじめな「あかはだか」の身体のイメージ。そして『大腐爛頌』その他における、死体愛好的な腐敗への偏執的関心。これらメトニミーの駆使によって詩人は、いわば身体を発見しつつ、その身体とともに大地的な流動性ないし逃走性そのものを生きてゆくのです。それが金子ワールドの主たるフィールドであるといっても過言ではないような気がします。

それにしても、このようなメタファー中心的でない詩が書かれたという事実は、フランス象徴主義の影響を強く受けた日本近代詩にあって稀なことです。金子光晴自身、初期の『こがね虫』ではきわめて象徴主義的な風土をバックにしていましたから、いわば近代詩の両極をひとりで生きてしまったようなことになり、その振幅は、近代詩史上有数のドラマティックな出来事といえるかもしれません。

★註

★1――『全集』第六巻、二九四ページ。

★2――『全集』第一巻、三一八ページ。
★3――『日本現代詩大系』第八巻（河出書房新社、一九七五）、五六ページ。
★4――『全集』第六巻、一四〇ページ。
★5――『全集』第一巻、五四四ページ。
★6――同書、五二四ページ。
★7――同書、五六九ページ。
★8――同書、五七二ページ。
★9――同書、五七三ページ。
★10――『全集』第二巻、四五ページ。
★11――『全集』第三巻、九三ページおよび九五ページ。
★12――同書、二一四―二二五ページ。
★13――同書、一七八ページ。
★14――『全集』第四巻、八四―八六ページ。
★15――『全集』第一巻、一〇ページ。
★16――近代以降同時代までの詩人で金子光晴が最も意識したのは、やはり萩原朔太郎であったろうと思われます。朔太郎は光晴より九歳年上ですが、『月に吠える』が刊行されたとき、光晴は素直に「驚異だった」とあとで述懐しています。しかし『青猫』以降の朔太郎に対しては評価がきびしく、「マンネリズムの兆候」と断じていることから（『現代詩の鑑賞』、『全集』第十巻、一二四ページ以下）、瞬間の才能ではなく持続の意志において、この偉大な先達を乗り超えようとしていたのではないでしょうか。朔太郎のつぎに意識したのは、おそらく高村光太郎であり、同じ帰朝者として文明観や詩的倫理において譲れないところがあったのだと思われます。また、中原中也、宮沢賢治といった詩人には思いのほか冷たい態度を取っており、西脇順三郎にいたってはほとんど関心の外だったようです。
★17――『全集』第六巻、一三五ページ。
★18――『全集』第一巻、九二ページ。

★19――同書、一三八ページ。
★20――同書、一九四―一九五ページ。
★21――『全集』第六巻、一五七―一五八ページ。
★22――『全集』第一巻、二〇五―二〇六ページ。
★23――『全集』第十四巻、八三―八四ページ。
★24――『全集』第一巻、二五九ページ。
★25――『全集』第二巻、二一五―二一六ページ。
★26――ロマーン・ヤーコブソン『一般言語学』（川本茂雄監修、田村すず子他訳、みすず書房、一九七三）のうち、とくに「言語の二つの面と失語症の二つのタイプ」および「言語学と詩学」を参照のこと。なお、換喩（メトニミー）という概念は、ヤーコブソン理論において少しく曖昧さを残しているようで、レトリックの用語で言う提喩との混同を指摘する向きもあるようです。提喩とは、部分／全体、あるいは種／類の関係にもとづく比喩形象で、童話のタイトルでいえば「青髭」の類。ですから、たとえば本書の「エルヴェルフェルトの首」も、厳密にいえば提喩ということになります。しかしヤーコブソンは、提喩と換喩のあいだには内包か外延かの違いがあるだけで、両者は隣接性においては、つまり隠喩＝類似性との対立においては本質的に変わらないと考え、ひっくるめて換喩に代表させたのではないでしょうか。本書でも換喩を、提喩も含めた広い意味での隣接性にもとづく言葉の関係として捉えます。「エルヴェルフェルトの首」は比喩形象としてなら提喩だが、言葉のはたらきとしては換喩的である、というふうに。
★27――『全集』第二巻、三七ページ。
★28――同書、四五ページ。

第3章　母性棄却を超えて

1　糞尿趣味

メトニミーによる身体の地平。金子光晴の、散文的でありながらインパクトの強いいくつかの詩作品を通してみえてきたのは、そのような展望でした。しかし考えてみれば、身体そのものが豊かなメトニミーの場所です。身体は、なんらかのメタファーによって語られるより、多様なメトニミーを通して語られるほうがふさわしい、あるいは生彩に富む。おそらくこのことを金子光晴は、本能的にまた実践的に心得ていたのでしょう。

そして、金子文学におけるメトニミーの中核をなしているのが、あの夥しい頻度で登場する尿や糞や汗や涙や体液といった排泄に関する語彙です。金子作品に少しでも親しんだことのある者なら、それは先刻承知でしょう。そう、戦後、『人間の悲劇』において、

恋人よ。
たうとう僕は
あなたのうんこになりました。

そして狭い糞壺のなかで
ほかのうんこといっしょに
蝿がうみつけた幼虫どもに
くすぐられてゐる。[★1]

とまでいわしめた糞尿趣味。いや、金子ファンならずとも、あの名高い「洗面器」の詩、なかんずくあの忘れがたい「しやぼりしやぼり」という放尿音のオノマトペを想起する人は多いでしょう。短い作品なので、全体を引用しましょう。

洗面器

（僕は長年のあひだ、洗面器といふうつはは、僕たちが顔や手を洗ふのに湯、水を入れるものとばかり思つてゐた。ところが、爪哇人たちは、それに羊《カンビン》や、魚《イカン》や、鶏や果実などを煮込んだカレー汁をなみなみとたたへて、花咲く合歓木の木蔭でお客を待つてゐるし、その同じ洗面器にまたがつて広東の女たちは、嫖客の目の前で不浄をきよめ、しやぼりしやぼりとさびしい音をたてて尿をする。）

洗面器のなかの
さびしい音よ。

くれてゆく岬《タンジョン》の
雨の碇泊《とまり》。

ゆれて、
傾いて、
疲れたこころに
いつまでもはなれぬひびきよ。

人の生のつづくかぎり
耳よ。おぬしは聴くべし。

洗面器のなかの
音のさびしさを。★2

いかがでしょう。「しやぼりしやぼり」というオノマトペはいつのまにか雨の音に引き継がれ、ふたつながらアジア的大地のうえで融け合うように、「おぬし」という二人称で呼びかけられた意味深い耳のイメージに収束してゆく。たしかに名詩だけのことはある展開です。この放尿音に沿って田村隆一がなんとも秀逸な読みを披露していますので、紹介しておきましょう。

「洗面器」という詩を読むと、女がオシッコする詩なんだけど、音がするという水の具象化が女であって、そのオシッコによってまた逆に女が現れ、その女の基である水に帰っていくという、じつにうまくできている詩です。★3

女と放尿音のあいだのメトニミー的な関係がじつに的確に説明されている感じです。私個人としては同時に、第二連の「くれてゆく岬の／雨の碇泊」というところも捨てがたく、何気ない叙景にみえて、われわれの生のどうしようもない寄る辺なさにまで届いているような詩句だと思います。どこかずいぶんと遠くまで来てしまったようだけれど、いまは雨が降っていて船外に出ることもできない、揺れるこの仮の場所がすべてなのだ、という寄る辺なさです。ついでながら、「岬」には「タンジョン」というジャワ語が、「碇泊」には「とまり」という大和言葉が、それぞれルビとして併記されていることにも注意を促しておきたいと思います。異郷性と郷愁がつづけざまに喚起されるわけですが、このような一種の多言語使用は、長詩「鮫」において、より大規模に展開されます。

もう一例挙げるなら、この詩「洗面器」が収められている詩集『女たちへのエレジー』の表題作の冒頭、

女たち。
チリッと舌をさす、辛い、火傷しさうな
野糞。★4

という詩句も忘れがたい。「洗面器」における「さびしさ」というような感情を捨象している分だけ、「女たち」と「野糞」のメトニミー的隣接は強烈だといえるでしょう。思い起こしてくだ

さい。本稿もまた、詩人が船旅で一緒になった中国人女性の肛門に手を触れてその臭いを嗅ぐという異様な自伝の一部からスタートしたのでした。

しかしながら、こうした糞尿趣味を、いかがわしいがほほえましくもある金子文学のたんなるアクセサリーとして片づけるわけにはいきません。それはなにかしらもっと本質的な事柄と関係しており、いうなれば詩人の生理感覚に深く根ざしています。金子光晴研究の第一人者原満三寿が『新潮日本文学アルバム・金子光晴』のなかで述べているように、「ここには、『こがね虫』の選良意識も審美感もすでになく、肉体をして語らしめるようになり、言葉はいよいよ生理感覚あふれる光晴ならではの世界が開かれていった★5」のです。

「肉体をして語らしめる」――そう、まさに身体の地平ですが、さらにいうなら、生理感覚云々というだけでは、実はまだ十分ではないのです。詩集『鮫』に収められた「どぶ」という詩のつぎの一節は、排泄や腐敗に関する語彙を総動員したような文字通りの極めつけですけれど、同時に、そこでの詩人の詩の行為が、たんなる糞尿趣味や生理感覚を超えたものであることをも遺憾なく示しています。

おしろいをぬるのをおぼえてから、女は、からだをうっていきるやうになった。
そのよごれた化粧のあかが、日夜、どぶにながれこんだ。
どぶには、傘《からかさ》の轆轤《ろくろ》や、藁くづ、猫の死骸、尿《いばり》や、吐瀉物や、もっとえたいのしれないものが、あぢきないものが、かたちくづれ、でろでろに正体のないものが、ながれるあてのないものが、うごくはりあひのないものが、誰かがひろひあげやうとおもひつくにはもう遠すぎるものが、やみのそこのそこをくぐっては、つとうかびあがってきて、あっちこっちで、くさい噯気《おくび》をした。★6

こうして、詩人の想像力は、メトニミー的身体としての排泄物や腐敗物やその他もろもろの液体などに深く結びつけられています。どころか、その影響を受けて、文体までもが次第にひらがなに満ち、どろどろと際限もなく液状にひろがってゆくかのようです。そう、第2章でみたように、散文の自己組織的な基底が浮き上がってくるのです。

金子光晴における水。その重要性はすでに指摘した通りですけれど、それは、一方に「でろでろに正体のない」「ながれるあてのない」大地的な滞留を置き、他方には夢見られた海洋性を置きながら、その二つを両極とする流動性そのものであり、そこにこの詩人ならではの放浪性、つまりノマド的身体を重ね合わせるとき、まさに「水の流浪」となって金子文学の底流を形成することになるのです。

人生は花の如く淋しい海の流転である。
破れ易い水脈《みを》の嘆き、

水のなかの水の旅立ち……。[★7]

詩集『水の流浪』から、その表題作の冒頭を引きました。この詩集は『こがね虫』の延長線上にあり、「どぶ」などに比べるとはるかに穏やかで感傷的ですけれど、それでも、「水のなかの水の旅立ち」という表現が、詩人金子光晴のありようを端的に言いあらわしているような気がします。「水のなかの水の旅立ち」、それは鳥の飛翔のようなあからさまな自由の謳歌というわけではありません。水というマッスにとらわれた、ある種重い出発、あるいは、もともとが流動する水のうえに、さらなる流動を重ねてゆくような、ある種危うい出発なのです。

この点で金子光晴は、彼が親しんだフランス近代詩に沿っていえば、詩人のスタンスとしてランボーよりもボードレールに近いといえるでしょう。

舞いあがる鳩の群さながらに高らかに明け染める曙[★8]

とランボーは「酔いどれ船」のなかでうたっていますが、まさにこの鳩の飛翔さながら、いつも絶対的に留保なしに出発してしまう蛮童ランボーに対して、ボードレールは、いつも潜在的には出発していながら、彼をひきとめるフランスという重い水の存在にも感応せずにはいられず、出発と滞留とが織りなす、美しくも暗澹としたテクスチャーに身を委ねたのでした。

2　アブジェクシオンの詩学

「水のなかの水の旅立ち」に戻りましょう。そのさなかでの腐敗や排泄との親和、せめぎあい。そしてここからが肝心ですが、そうした金子文学の底流に、詩の行為としてのアブジェクシオンが横たわっているのではないかと思われるのです。金子文学の核心を、アブジェクシオンの詩学として読み解くことができるのではないか、それが本章をすすめるにあたっての私の見通しです。

アブジェクシオン。おぞましさへの感覚、またその棄却。『こがね虫』と並行して書かれたのが『大腐爛頌』だったというのは、ですから、きわめて意義深いと言わなければなりません。

すべて、腐爛《くさ》らないものはない！★9

とその表題作は書き始められるのです。すでに触れたように、原稿紛失の憂き目に会い、のちに記憶に頼って再制作されたといういわくつきの作品ですが、その後の金子詩の展開において、いかにも詩的で高尚な『こがね虫』の系列は減衰的に反復されるにとどまる(『水の流浪』と『蛾』が部分的にそれにあたるでしょう)のに対して、『大腐爛頌』の系列、多少ともアブジェクシオンにかかわりのある猥雑で散文的な系列が、『大腐爛頌』の原稿逸失を補ってあまりあるほどに栄えるのです。金子詩のふたつの頂点をなす詩集『鮫』と『女たちへのエレジー』がそうですし、戦後になっても、『人間の悲劇』『非情』『水勢』『IL』といった力作はすべて、多かれ少なかれこの系列上に位置しているといえます。前の章で金子詩の「光と影のトーン」について触れましたが、アブジェクシオンの系とは、ひとまずその「影のトーン」にほかなりません。そしてそれらふたつのトーンは、金子詩の各時期において必ずといっていいほど詩集のペアになってあらわれるということも指摘しましたけれど、より正確にいうなら、ある時期から影は光を覆うようになり、あるいは影も光も混淆して区別がつかなくなり、そこからやがて別種の光がみえてくる。それが戦後の一連の作品であろうと思われます。

ちなみに、戦前からの詩人で、戦後にもこのように旺盛な創作活動を示すことができたのは、西脇順三郎と双璧でしょうか。西脇詩の驚くべき産出力は、私見によれば、「幻影の人」なる茫漠として捉えがたい大地的女性性——老子のあの「玄牝」に近いような——によるところ大なのですが、金子詩の場合の、やはり枯渇を知らないかのような戦後の作品産出のエネルギーも、まるで、飽くことなきアブジェクシオンという行為そのものから譲り受けているかのようです。ただ、母性のおぞましさに引き込まれつつそれを棄却しつづけるという行為には、時空の彼方に

「幻影の人」を幻視する西脇的余裕はなく、もう少しリアルな、あるいは切実な身振りとして体現されるほかはなかったのでした。

ところで、このアブジェクシオンなる概念を文学理論に導入したのは、フランスの思想家ジュリア・クリステヴァです。その『恐怖の権力――〈アブジェクシオン〉試論』(一九八〇)。もう二十年以上も前の書物です。読んでみるとかなり難解で、それもそのはず、アブジェクシオンは深く精神分析学的事象であり、その方面に疎い私などの本来手に負える代物ではないのですが、金子光晴を読む場合にどうしても有効な概念装置と思われますので、あえて適用を試みたいと思います。ただし、クリステヴァの射程自体に問題がないわけではないようです。宗教(キリスト教)なきあとのアブジェクシオンの昇華を文学が担うという全体の展望がやはりどうしても西洋中心ですし、そもそも、おぞましきものを棄却しそれを昇華させるという力学がやや弁証法的に整理されすぎているような気もします。わが金子光晴のおぞましきものに対する態度は、もう少しヌエのような、といって悪ければどこまでも解決不能なペンディング状態をさまようといった趣があり、そのあたりが東洋的融通無碍ということなのでしょうか。

それはともかく、ひとまずは『恐怖の権力』を参照してみましょう。

存在が自己の脅威に対して企てる反抗、可能なもの、許容しうるもの、思考しうるものから投げ出され、途方もない外部や内部から来るようにみえるものに相対してのあの暴力的で得体の知れない反抗が、アブジェクシオンにはある。そこに、ごく近くにありながら、同化し難いもの。それは欲望をそそり、欲望を不安と魅惑に投げ込むが、それでも欲望はいたずらに魅了されるがままにはなっていない。恐怖を覚え、欲望は身をそむける。吐き気を催して、投げ返す。ある絶対的なものが汚辱から欲望を守る。欲望はこの絶対者を誇りに思い、それにしがみつく。しかし同時に、この激情、この痙攣、この高揚はそれでもなお、断罪されてはいるが誘惑的な異域に引き寄せられる。倦むことなく、まるで制御できないブーメランのように、誘引する力と反発する力の対極が、それに取り憑かれた者を文字通りおのれの外へ連れ出す。★10

冒頭部分です。これだけでもこの書物において何ごとが語られようとしているのか、うっすらと予想のつくような、なかなか雰囲気の出ている美しい一節だと思います。

しかしもう少し説明的に敷衍しましょう。アブジェクシオンとは、アブジェクト（主体でも対象でもないもの）、すなわち「同一性、体系、秩序を攪乱し、境界や場所や規範を尊重しないもの、つまりどっちつかず、両義的なもの」に触れ、それを棄却する行為です。その行為によって、個にあっては主体が、共同体にあっては象徴秩序が確立される。アブジェクトは主観的にはおぞましくも魅惑的なものとして体験されますが、それというのも、究極のところアブジェクトとは、母性的な基底の露出にほかならないからです。たとえば、これはクリステヴァ自身が引いている例ですけれど、ミルクをあたためると膜ができますが、それが口に触れたときのなんともいいようのない感覚の生起は、だれしも身に覚えがあることでしょう。重要なのは、そうしたアブジェクシオンの行為に言語表現を与え、昇華させるということで、「言語を与えられなければこの死の欲動は、たやすく制度や秩序、家族によって逆備給されてしまい、想像力や象徴性のレヴェルで機能できずに国家や家族、ファシズムの強制収容所といった現実そのものと化してしまう」とクリステヴァは言います。★11

そのようなアブジェクシオンの昇華を担う現代文学の例として彼女が挙げているのは、ボルヘスの『汚辱の世界史』、ドストエフスキーの『悪霊』、ジョイスの『ユリシーズ』、そしてカフカ、バタイユ、プルーストといったところですが、なかんずく、あの『夜の果てへの旅』の作者セリーヌです。『恐怖の権力』の後半は、まるごとそのセリーヌという文学事象の分析にあてられています。おぞましきものに憑かれたセリーヌは、政治的には反ユダヤ主義者にして真性のファシストでしたから、当然その文学のもつカタルシスの作用には限界があり陥穽があるということになるのですが、残念ながらここではそこまで紹介しきれません。

さて、わが金子光晴もまた、おぞましきものの主題に取り憑かれ、それに言語表現を与えた一人ではなかったでしょうか、ただし、セリーヌとは違った方向で。クリステヴァを踏まえつつ、私はそのようにみたいわけです。エロスと抵抗の詩人という、金子光晴に与えられた一般的イメージをいわば脱構築しうるのも、このレヴェルにおいてであろうと思われます。

そういえば思い出しました。本書の冒頭で紹介した光晴の息子・森乾による『父・金子光晴伝』の副題が、なんと、いま挙げたセリーヌの小説のタイトルと同じ「夜の果てへの旅」となっていたではありませんか。もちろんたんなる偶然の一致でしょうけれど、まるで父子そろって、ひきつづきアブジェクシオンの主題にそって金子ワールドを旅してみよ、と誘っているかのようです。トライしてみましょう。

3　おぞましい日本の私

たとえば、さきほど引用した「女たち」と「野糞」の並置は、たんなるエロスやグロテスクの発露ではありません。また、当時の天皇制や戦争遂行のシステムに抵抗した詩の傑作としてしばしば引き合いに出される「燈台」や「紋」にしても、それらの詩がたんなる反戦詩・抵抗詩のレヴェルを超えているのは、そこにある種の両義性が保たれているからであって、その両義性は、詩人がのちに告白したような、検閲の目をくらますための技法的配慮のせいとばかりはいえません。同時に、より本質的に、アブジェクシオンを促しうるような物質的次元に属しているのです。

そらのふかさをのぞいてはいけない。
そらのふかさには、
神さまたちがめじろおししてゐる。

飴のやうなエーテルにたゞよふ、
天使の腋毛。
鷹のぬけ毛。
青銅《からかね》の灼けるやうな凄じい神さまたちのはだのにおひ。 秤《かんかん》。★12

「燈台」の第一部、その冒頭二連から引きました。なるほど、字面は泰西名画をのぞいているようで、読みようによってはキリスト教への揶揄ととれなくもありません。にもかかわらず、この「そら」が異様なリアリティをもつのは、それがたんなる批判の対象として主題化されているからではなく、むしろやはり、身体的なメトニミーを駆使したアブジェクシオンとして深く知覚され棄却されているからではないでしょうか。「天使の腋毛」「灼けるやうなからだのにほひ」、それから引用しなかった第二部でも、「包茎」「禿頭のソクラテス」といった奇妙なメトニミーが印象的です。表記までもが関与的であるといえるかもしれません。詩篇「どぶ」におけるひらがなの氾濫を想起しましょう。ここでも、「そらのふかさ」とひらがなで表記されることで、幾分か空は抽象性から遠ざけられ、身体の近くに降りてきているかのようです。そのうえ、「のぞいてはいけない」という動詞と結びついて、まるで井戸をのぞき込むようなイメージの逆倒のうちに、それはほとんど、おぞましい日本の大地とも等しいような両義性を獲得してしまうのです。

同じようなことは、「紋」についてもいえます。家紋はまさに因習的な日本の象徴のようなものですが、

九曜。
　うめ鉢。
紋どころはせなかにとまり、
鷹の羽。
袖に貼りつき、
　襟すぢに縋る。[★13]

と、紋はまるで振り払うべき虫かなにかのように——棄却の身振りそのままに——扱われています。

さながら、ノーベル賞受賞時の川端康成の講演のタイトルをもじっていえば、「おぞましい日

本の私」。とはいえ、注意したいのは、左翼でもキリスト者でもなかった金子光晴の日本批判は、当然のことながら観念的ないしはイデオロギー的なものではありませんでした。それだけにときに曖昧さをみせることもあり、つぎに引くように、「寂しさ」というような情緒的語彙を伴うこともあるのですが、いうなれば、回帰の描線とぎりぎりに接したところで、つまり生理的な身体感覚そのものとして「日本的なもの」は知覚され、かつ、棄却されるのです。

どつからしみ出してくるんだ。この寂しさのやつは。
夕ぐれに咲き出たやうな、あの女の肌からか。
あのおもざしからか。うしろ影からか。

糸のやうにほそぼそしたこゝろからか。
そのこゝろをいざなふ
いかにもはかなげな風物からか。
月光。ほのかな障子明りからか。
ほね立つた畳を走る枯葉からか。

その寂しさは、僕らのせすぢに這ひこみ、
しつ気や、かびのやうにしらないまに、
心をくさらせ、膚にしみ出してくる。[★14]

詩集『落下傘』に所収の、戦時中の代表作「寂しさの歌」から、その冒頭四連です。「寂しさ」は「僕らのせすぢに這ひこ」むほどすっかり身体化されてしまっていますが、同時にそれを「しつ気」や「かび」にたとえるという不快感の表明に棄却のモメントがほのめかされています。そしてこの長い詩の最後近くに、「僕らのうへには同じやうに、万世一系の天皇がいます」という一行が出てきます。

また、こうした知覚において問われるのはアイデンティティではありません。むしろ所在識です。「〔アブジェクトの存在が託されている者は〕『私は何者であるか?』よりも『私はどこにいるのか?』と、自己の《存在》について問いかけずに、自己の所在についての問いを発する」[★15]とクリステヴァも述べているように。今度は同じ『落下傘』から、その表題作を引きましょう。

落下傘がひらく。
じゆつなげに、

旋花《ひるがほ》のやうに、しをれもつれて。

青天にひとり泛びたゞよふ
なんといふこの淋しさだ。
雹や
雷の
かたまる雲。
月や虹の映る天体を
ながれるパラソルの
なんといふたよりなさだ。

だが、どこへゆくのだ。
どこへゆきつくのだ。

おちこんでゆくこの速さは
なにごとだ。
なんのあやまちだ。★16

「おぞましい日本の私」の、ほとんど痛ましいともいうべき所在識への問い。だがとりわけ興味深いのは、金子光晴の生い立ちに根ざした母性的なるものの拘束力であろうと思われます。序章でも紹介したように、光晴は二歳のときに実父母の手を離れ、金子家に養子に出されています。自伝『詩人』に語らせましょう。

十四しか年のちがわない養母は、癇性で、我侭で、派手好きな、まだ娘といった方がふさわしい女性だったが、異常なまでに好悪と、美醜の差別感が強かった。彼女は、着せかえ人形のつもりで、僕をおもちゃにした。(……)義母の性格にもそういう小心な、おちつきなさと、世間から遊離した、白痴的なおっとりさが同居していた。感情や生理に駆られれば、なにをやり出すかわからなかった。そういう彼女と、僕のような、皮を剝いだ赤むけのような神経質な子供とは、似たようなもの同士のおもしろい組合せであった。★17

自分と義母の関係を「おもしろい組合せ」と突き放しているのは、回想ゆえでしょう。幼い光晴にとっては、むしろこうした養母との関係は、多少とも、まさにクリステヴァが言うところの「恐怖の権力」として感じられていたのではないでしょうか。前出の原氏も、さすがにそのことに気づいていて、大著『評伝金子光晴』のなかにつぎのように書き記すのを忘れていません。

光晴は、出自の不幸な経過と幼少の淫らな環境から、女性を過剰に聖化したり、過剰に汚辱にまみれさせたりすることをくりかえしてきた。光晴の女体に向けたカニバリズムもスカトロジーもそのことに起因することはすでに述べた。★18

これに加えて、序章で紹介した妻三千代の姦通事件も、アブジェクシオンの起動に一役買ったかもしれません。散文詩集『老薔薇園』に収められた「雪どけ」という作品は、作者の嫉妬と憎悪の感情が露骨にあらわれたような趣があり、

去年の雪、今はたいづこ、とうたつたフランス中世の詩人は、女たちの肉体の大降雪が陽に照らされ、雨に流されて、どこへ消えてゆくかわからない、蕩尽のあまりのはげしさに正に彼とおなじおもひをしたことであらうか。★19

という美しくもおぞましい夢想のあとで、「彼」は銃で女の胸を撃ち抜いてしまいます。しかしこれは例外というべきで、女への復讐はむしろ屈折して、男を呑み込むような女の圧倒的な生命力のまえになすすべを失うというような、ややマゾヒズムの傾向を示すことのほうが多いようです。

ついでにいえば、同じ自伝『詩人』の冒頭のつぎのくだり、

その写真は、最近まで、どこかに保存されてあった。それは、僕のむつきのころの俤《おもかげ》だが、それをみるたびに僕は、自己嫌悪に駆られたものだった。まだ一歳か、二歳で、発育不全で、生《なま》っ白くて元気のない幼児が、からす瓜の根のように黄色くしわくれ痩せ、陰性で、無口で、冷笑的な、くぼんだ眼だけを臆病そうに光らせて、O字型に彎曲した足を琉球だたみのうえに投出して、じっと前かがみに坐っている。この世に生み落された不安、不案内で途方にくれ、折角じぶんのものになった人生を受取りかねて、気味わるそうにうかがっている。みていると、なにか腹が立ってきて、ぶち殺してしまいたくなるような子供である。手や、足のうらに、吸盤でもついていそうである。★20

これなどは非情な自己観察といったレヴェルを超えて、まさしく自己アブジェクシオンとでもいうほかないような記述でしょう。「この自己描写は最近の金子氏の詩業、とりわけ女性の生理機能の局所局所を腐敗と死との観点から観察しつづけ、残酷なよろこびとともにそれを記述している長詩『水勢』の描写などと重ね合わせてみると、まことに興味あるものだといえるだろう」と的確に大岡信も指摘しているように。★21 じっさい、この自己描写のあとに、「子宮は、母のまた母のそれにつづき、その闇は、漆喰のように塗りこめられてはいるが、八大地獄につづいている

といわれる富士の風穴のように底がしれず、亡霊どもがおどり狂っているところのようだ」[22]という記述があり、そのおぞましくも母性的なものの想起が、さきほどの義母の回想へとつづいているわけですが、子宮に亡霊どもを跳梁させるなんて、『恐怖の権力』の主たる対象、あのセリーヌも真っ青のすさまじさでしょう。しかし、アブジェクシオンをめぐって、光晴とセリーヌとの違いもまた――この点をこそ実は強調したいのですが――あきらかなのです。

4　共生の大地性へ――『女たちへのエレジー』の世界

さきを急ぎすぎたようです。作家にとってアブジェクシオンの対象になるのはさまざまですが、金子光晴にとっては、いまみたような母性的基底につながる一切のもの、排泄と腐敗に関する語彙を通してのアジアの大地＝女性ということになるでしょうか。

そこで、さきほど「洗面器」の詩を引用した詩集『女たちへのエレジー』へ立ち戻り、少し腰を据えて読んでみることにしましょう。この詩集は「南方詩集」「画廊と書架」「こころのうた」の三部から成り、いま主として問題にしたいのは最初の「南方詩集」ですが、『鮫』とともに金子詩の頂点を成すそのページは、なかんずく、アブジェクシオンの主題にとっても中心的な位置を占めていると思われるからです。それだけではありません。たとえば「牛乳入珈琲に献ぐ」「混血論序詩」といった作品には、いわゆるクレオール性の先駆となるような視点さえ認められ、いまの時点から読んでも十分興味深いものがあります。そのあたりの考究は次章「南からのプロジェクト」にゆずるとして、まずは「ボイデンゾルフ植物園にて」という詩から読んでみます。

髪油のにほひのする木。

禿頭の木。

……かつたゐばかり聚つてる部落。

尿のたまつてる木。

散歩してる木。

(……)

きみのわるいぐしやぐしやに手をつっこむやうな森や、沼。

灰色の葉にかくれる灰色のカメレオン。灰色の兜虫。灰色の蛾。そいつたちの灰色の心臓。

おもい鎖でつながれてる木。

ぬかるみでもがいてる木。[★23]

この薄気味の悪い、そして奇妙に擬人的な植物たち。言い換えれば、このようにきわめて身体的に、あるいは身体のメトニミーとして大地は捉えられてゆきます。不思議なのは、金子光晴の描き出す熱帯というのが、『マレー蘭印紀行』でもそうでしたが、たとえその豊かな自然が対象になっている場合でも、総じて暗いということです。好対照なのが、はるかに北の欧州フランドル地方で、詩集『こがね虫』にも反映されているように、こちらは明るく捉えられています。そしてその、「悲しき熱帯」ならぬ暗い熱帯アジアへの視線のさきに、詩人は女たちを発見するのです。

白木綿の靴下がずりたぐなつて、皺よってゐる。断髪。おでこのへんに固い面皰――小学校の女教員で揚子江水害救済寄附金を戸毎集め廻つてゐるといつた顔つき。★24

「シンガポールの大同映照といふ写真やさんのかざり窓を、電車待つまにながめつつ」という詞書きのついた「映照」という作品から引きました。あるいは、「街」という散文詩では、これもシンガポールで目撃した一斉検挙のさまが描写されています。極めつけはやはり、さきほどその冒頭に触れておいた「女たちへのエレジー」でしょう。今度は全文を引用してみましょう。

女たち。
チリッと舌をさす、辛い、火傷しさうな
野糞。
ジャラン・ブッサル（星州坡）の煤毛のダイモン・サリン
やつはヒンヅー種の莫連女。さながら火喰鳥。男とみれば誰にでも赤い舌をペロリと出し大声をあげてわめきちらす。
――バロア（この乞丐坊）くれてやらあ。

スマトラのメダンの新市をながしてあるくペカロンゲンうまれの出稼ぎ女。しやなりしやなりと腰をふる。腕をふる。その腕には、それもまがひ金貨の釦。釦穴にさした花一輪。あの女たちの黒い皺。黒い肛門。

暹羅のわたりもの共。あの女どものおほかたはしがない妾稼業。夜も昼も、数珠を爪ぐるやうに銭勘定。

ステレツの日本女たち。よごれ浴衣一枚でしだらなくねそべつたあの女たちの腹の上を、紅殻色の翅をおつ立てて、大きな油虫奴の一群が風を起して翔びわたる。

マレイ半島、バトパハでは、女といふ女は、のこらず歯ぬけ。

芙蓉市《フーヤン》で、黄ろい眼やにのかたまりで眼がふさがつて、昨日の客のみわけがつかない女。襟垢が固つてひびが入り悪疾のかさぶたがあつちこつちに。市場から市場へふごに入れられ、はこばれて転々とうられてきたオラン・チナは、どつちむいて生きてゆくのか、じぶんの方角すら皆目しらない。

辺外未聞の地をさすらつて、どこまでもくつついてゆくこの身こそ、女共にたかるかなしい銀蠅。[★25]

見られる通り、メタファーを排したルポルタージュ風の書法によって、悲惨な女たちの群像があますところなく描かれています。とりわけ、「あの女たちの黒い皺。黒い肛門」という箇所が印象的で、アブジェクシオンとしての詩の行為の核になっています。

けれども、行為全体を通して詩人の主体が強く押し出されている感じはあまりしません。言い換えれば、クリステヴァが分析の対象に選んだ作家セリーヌのようには、母性的なものを棄却することで主体の同一性の強力な確保は望まれていないのです。クリステヴァによれば、セリーヌの場合その同一性への希求は、「ホモセクシュアルな基底的感情」の裏返しとしての、反ユダヤ主義を、そしてファシズムを呼び寄せてしまう。金子光晴の場合は、いうなればもっと穏やかです。このあたりが微妙なところで、どこまでも主体と客体との危険な境界を辿りながら、いつのまにか生還してしまったような自在さがあります。この奇妙な健康。不徹底といえば不徹底であり、楽天的といえば楽天的でしょう。といって悪ければ、引用した詩篇でも「辺外未聞の地をさすらつて、どこまでもくつついてゆくこの身こそ、女共にたかるかなしい銀蠅」とあるように、アブジェクシオンは自己にも及び、そのことによって、いわばカタルシスの一歩手前で、棄却の視線は哀れみの視線に変わり、同一性の確保とはあきらかに異なる、ある種の共生の大地性ともいうべきステージがたちあらわれてくるのです。

すでにその一部を引用した「どぶ」のつづきを読んでみましょう。引用箇所のあと、娼婦の痛ましい堕胎のシーンが語られ、最後には、泥水に浮かぶ胎児たちを「朝のいなづま」が照らし出すというすさまじさです。セリーヌの『夜の果ての旅』にも出産を呪詛する場面があって、これに関してクリステヴァは、「分娩、それは殺戮と生命の極み、（内部／外部、自我／他者、生／死の）どっちつかずの状態の沸騰点、恐怖と美、性衝動と性的事象の荒々しい否定、である」★26と述べています。

しかしながら、金子光晴の母性棄却の身振りは、ここでもセリーヌ風の「恐怖の権力」とは結びつきません。「恐怖の権力」とは、同一性の確保を急ぐあまり他者を排除してしまう機制ですが、「朝のいなづま」は、むしろ強すぎる同一性の確保を逃れた詩人のまなざしそのもののようでもあり、そこから他者がみつめられているとさえいえるのではないでしょうか。引用しておきましょう。

おゝ。なにもかも疲れきった朝。
橋桁。杭。
杭のならぶやうに、床のうへにめざめる女。
それら、びっしょり濡れて立ちつくすものども、

泥へよろめくもの、坐り所のないものの足並と、
どこかの閾《せき》に漂ふ、うつぶせのはら児たちを
一列にうきあげてみせる
あをじろいむち、
朝の
いなづま。★27

母性棄却。金子ワールドにとってそれは、他者の発見ということであり、ひいてはそこからクレオール性やポストコロニアル的な共生の大地性への展望がひらかれてゆくのです。序章で引いた『ねむれ巴里』の一節、詩人に肛門を触られたあの中国人女性を想起しましょう。これらの女とともに（詩のなかで）生きる。彼女たちを棄却しつつ抱きとめる。それはエロチックな所作をも超えた、線のように細い大地性、逃れゆくばかりな大地性ですが、しかし、だからこそ、詩の行為を賭けるに値するのです。

本章の冒頭で読んだ名詩「洗面器」を思い出してください。アブジェクトでもありえた女の放尿音が、雨の音とともにふたたび主体の耳に戻ってくるさまを。耳はそこで「おぬし」と呼びかけられていました。「意味深い耳のイメージ」と私はやや漠然と印象を述べておきましたが、いまやはっきりと、それは詩人――詩の行為を賭ける者――の換喩であると言うことができるでし

ょう。詩人とは耳をもつ者のことである――金子光晴は、「くれてゆく岬／雨の碇泊」の寄る辺なさのなかで、そのことを深く感知したにちがいありません。

逃れゆく大地性――そこに詩人は帰属したいわけではなく、そこから無理に離れようとするわけでもなく、かろうじて、詩の可能性の領土としてそれを追い求めて、耳を傾けてゆくほかはない。この肯定性への転位。それこそは金子光晴に固有のモメントであり、あえていうなら、『女たちへのエレジー』の詩人はそこで、アブジェクシオンからさえも自由なのです。

こうして、ひとまずはクリステヴァの理論に沿って金子光晴の詩学をみてきたわけですが、結局のところこの詩人に、あのセリーヌへの回路を用意したような「否定的な神学者」★28の顔は存在しなかったということになります。背景に文化の違いがあったかもしれません。ある種の東洋的な肯定性が、アブジェクシオンの急激な昇華を望まなかったのだともいえるでしょう。その結果、詩人は、一方でおぞましくも蠱惑的な母性的基底に触れながら、そこから共生の大地性へと生還し、同時に、その基底の父性的な秩序への回収にほかならない天皇制をも批判することができたのです。

註

★1――『全集』第三巻、一〇〇―一〇一ページ。

★2――『全集』第二巻、二七四―二七五ページ。

★3――『現代詩読本3・金子光晴』、二二一ページ。

★4――『全集』第二巻、二九四ページ。

★5――『新潮日本文学アルバム・金子光晴』、五一ページ。

★6――同書、二三ページ。

★7――『全集』第一巻、三一八―三一九ページ。

★8――『ランボー全詩』（粟津則雄訳、思潮社、一九八八）、二二九ページ。

★9――『全集』第一巻、二五一ページ。

★10――ジュリア・クリステヴァ『恐怖の権力――〈アブジェクシオン〉試論』（枝川昌雄訳、法政大学出版局、一九八四）、三ページ。訳文を一部変更しました。

★11――同書、四〇八ページ。「訳者あとがき」に引用されている来日講演録「おぞましき作家セリーヌ」（三浦信孝訳、「海」一九八一年一月号）を孫引き。

★12――『全集』第二巻、二七―二八ページ。

★13――同書、三三ページ。

★14――同書、一五四―一五五ページ。

★15――クリステヴァ『恐怖の権力』、一三ページ。

★16――『全集』第二巻、八六―八七ページ。

★17――『全集』第六巻、一〇〇―一〇一ページ。

★18――原満三寿『評伝金子光晴』、三八五ページ。

★19――『全集』第一巻、四六七ページ。

★20――『全集』第六巻、九八ページ。

★21――大岡信『超現実と抒情』、二六三ページ。

★22――『全集』第六巻、九八ページ。
★23――『全集』第二巻、二七六ページ。
★24――同書、二八五ページ。
★25――同書、二九四―二九六ページ。
★26――クリステヴァ『恐怖の権力』、二二一―二二二ページ。
★27――『全集』第二巻、二一六―二一七ページ。
★28――クリステヴァ『恐怖の権力』、四〇九ページ。

第4章　南からのプロジェクト

1　ポストコロニアル？　クレオール？──金子光晴のアジア

棄却と共生の大地性。女という名の他者の発見。またそこから反転しての天皇制批判。日本批判。それゆえ、金子流のゆるやかで曖昧なアブジェクシオンの詩学とともに、またそれに絡ませて、もうひとつ考えてみたいのが、金子文学における、あえて今日ふうに言うならポストコロニアル的な視点、あるいはそのクレオール的な可能性についてです。

ポストコロニアルもクレオールも、一九九〇年代に入ってから、主に欧米のアカデミズムで言われるようになった概念で、もちろんそれぞれ別の内容をもってはいますが、しばしば、並び称されるようにして使われることもあるようです。むしろ前者はアメリカにおいて（エドワード・サイードの『オリエンタリズム』がその嚆矢とされています）、後者はフランスにおいて（マニフェスト的書物として、カリブ海出身の作家ラファエル・コンフィアン、パトリック・シャモワゾーにギアナ出身の作家ジャン・ベルナベを加えた三人による『クレオール礼賛』が挙げられます）使用頻度が高いという地域的違いのほうが、あるいは意味深いのかもしれません。それはともかく、その並び称されるような意味合いとは、ひとことで言えば、均質な一体性をもった文化など存在しないという主張でしょう。文化や言語はそれ自体複数性ないしは横断性のたえまなく生起する場であって、そのことを積極的に認めながら、みずから文化を流動化させ複数化させるような主体となること。であるからして、ポストコロニアルもクレオールも、国民国家なり民族主義なりといった近代特有の「想像の共同体」（ベネディクト・アンダーソン）を批判するのみならず、まさにグローバリゼーションという名の世界の均質化がすすむ今日、それに抵抗する者の有効な理論的根拠として持ち出されてきたわけです。★1

私が言いたいのは、つまりこういうことです。ポストコロニアルと呼ぶにせよ、クレオールと呼ぶにせよ、そういうすぐれて今日的な問題を、わが金子光晴は、半世紀以上も前に、そのノマド的身体の駆使と特異な詩の実践を通じて見出していたのではないか。もっとも、同じ視点は原満三寿の評伝においても、通りすがりの示唆程度ですけれど、提出されています。原氏は、出生の秘密をもつ光晴が「南洋の混血児にかつての自分と共通の姿」をみたとして、つぎのように指摘しているのです。

最近、「クレオール」という言葉が多文化の象徴として使われる。もともとカリブ海地域での混血によって生まれた文化や言語などを指す。フランス領マルティニック島の作家ラファエル・コンフィアンは、「クレオールは、あらゆる人種や民族が混じった人々なので、自分の血などひとつに辿れない」、「文化的なアイデンティティは、肌の色や容姿とは関係なく、個人の選択のレヴェルになった」という。まさに光晴は、約七十年もまえにクレオールを予見していたことになる。★2

私の場合はさらに、主に長詩「鮫」の読解を通じて、抵抗詩人というやや紋切り型的な光晴理解をもうすこし広く今日的なコンテクストに解き放ち、そこから金子ワールドの核心を成す詩学の要諦を浮かび上がらせることはできないだろうか——そう考えてみたいわけです。

そのまえに、序章につづいてもう一度伝記のおさらいをしておきましょう。光晴が海外で生きた時代、一九二〇—一九三〇年代は、まさに植民地主義の時代でした。欧米列強は東南アジアの大部分を植民地にして掠奪と搾取をつづけ、そこに新興の日本までもが割り込もうとしていました。そうした地域をなぜか憑かれたように光晴は放浪したのですが、そのときの経験が、この詩人の比類のない世界的視野の形成に大きく寄与しているのは言うまでもありません。

しかし、序章でもふれたように、金子光晴のアジア放浪は、当初それ自体が目的というより、ヨーロッパ行きの旅費をかせぐためのものでした。かつて日本画の手ほどきを受けたこともある素養を活かして、いわゆる「あぶな絵」（春画）を描いては、密林の奥でゴム園などを経営する日本人に売り歩いたのです。いずれにしてもアジアは、光晴にとって中継点にすぎなかった。それがのちに大きな意味をもつことになるのですから、皮肉といえば皮肉ですけれど、では、詩人の関心はもっぱらヨーロッパに向いていたのかというと、あとでみるようにそれも微妙で、ただ、ある種の土地勘に引かれて渡欧したようなところはあったようです。というのも、光晴の渡欧は実は二度に及んでいて、いま問題としているあの足掛け五年に及ぶ大旅行のほぼ十年ほど前、つまりまだ詩人として世に出る前の二十代前半にも、骨董商の見習いのような名目でヨーロッパに渡っているのです。一九一九年から二一年にかけて、第一次大戦直後のことでした。そのときは、二度目の渡欧とは対照的に静謐な、経済的にも恵まれた旅でした。とくにルパージュ氏という、日本の根付などを蒐集していたベルギー人骨董商の厚遇を受けてブリュッセル近郊に滞在した半年間は、詩人にとって思い出深いものだったようで、後年つぎのように回想しています。

一すじな向学心に燃えた、規律的な、清浄なこんな生活が、なによりも僕にぴったりしたものと、ためらいなく考えるようになったじぶんを、過去の懶惰《らんだ》な、シニックなじぶんと比べてみて、信じられない位だったが、それはみな、ルパージュの友情のたまものであった。まなぶことのたのしさは、この時期をすごして、永久に僕のもとへかえってこなかった。★3

ベルギーへのこの滞在が、帰国後に『こがね虫』一巻をもたらすわけです。そして二度目の渡欧。つまり、詩人は合計で四年近くもヨーロッパにいたことになります。ですから、問題のアジア放浪の意味を考えるまえに、このヨーロッパ体験が詩人にどんな影響を及ぼしたのか、それを検証しないわけにはいかないでしょう。

2 「誘惑」と「回帰」の外で――金子光晴のヨーロッパ

たとえば『フランスの誘惑――近代日本精神史試論』という本があります。著者はフランス文学者の渡辺一民。近代日本の精神史のなかで、西洋の中心たるフランスの文化がどのような期待の地平を占めるに至り、絢爛たる開花をなし、そしてその役割を閉じていったか、それを克明に跡づけた労作です。そこには、上田敏から永井荷風、島崎藤村、高村光太郎、横光利一を経て、戦後の森有正や遠藤周作に至るまで、異文化受容に格闘した文学者や知識人がつぎつぎに登場します。ところが、金子光晴はというと、『ねむれ巴里』からの短い引用とともに数回その名前を挙げられているだけです。

だから岸田〔劇作家岸田國士のこと――引用者註〕は、「僕のなかで大揺れに揺れている世界のどこにも僕の故里はない」(『ねむれ巴里』)と後年記す金子光晴とともに、むしろミラーやヘミングウェイに近い故郷喪失者であった。★4

とこんな感じの言及ですが、比較的長期にわたってヨーロッパに滞在し、ユニークな翻訳の仕事もなしたこと、そしてなんといっても近代有数の詩人として大成したことを考えると、もっとページを割かれてしかるべきだという気がしないでもありません。

が、それは錯覚です。実をいえば、割きようがないのです。パリでの生活体験がありながら、それが詩作に反映したという痕跡はほとんど見あたりませんし、詩人自身、フランスにはとくにこれといった関心を持ち得なかったことを何度も言明しています。たとえば、

僕としては、ただ、ゆきがかりの上で、遠い旅をつづけているので、ヨーロッパに対してさほどの食指がうごいていたわけではなかった。むしろ、出来るならば、南方にもっと滞在するか、逆のコースをとって、中国の方へ戻りたい位であった。中国の奥地にこそ、もっと行ってみたいところが沢山あった。ヨーロッパは、僕にとって、もうわかり切った場所だった。★5

ヨーロッパが「わかり切った場所だった」とは、大変な自負というか、あまたの「舶来志向」や「フランスかぶれ」への挑発的な姿勢さえのぞかせているかのようです。が、いずれにしても、言葉を換えていうなら、金子光晴に「フランスの誘惑」は存在しなかったことになります。

そして、これはそれ以上に重要なことかもしれませんが、「誘惑」が存在しない以上、それを振り切る「回帰」のリアクションも存在しません。「誘惑」から「回帰」へと振れるのが、近代日本の帰朝者の常でした。そのもっとも典型的かつ悲劇的なケースは、高村光太郎でしょう。光太郎は彼我の文明の差にほとんど絶望に近いカルチャーショックを受けて帰朝しますけれども、その後、よく知られているように、お告げのような「天皇危うし」の声に促されるまま、取り返しのつかないような戦争賛美の詩を書くに至ります。また横光利一の長篇小説『旅愁』は、それぞれに「回帰」と「誘惑」の役割を担わせた二人の対照的な知識人を登場させますが、比重はあきらかに「回帰」のほうに置かれています。そうしたなかにあって、どちらにも傾かないようにみえる光晴のスタンスは、きわめて希有なことと言わなければなりません。

なるほど、繰り返しますが、最初の渡欧がなければ『こがね虫』は書かれなかったでしょう。この詩集には、静謐なヨーロッパの雰囲気、とりわけフランドルの明るい空や土の匂いの記憶が詰め込まれています。だが、言ってみればそれだけです。それは素朴なエキゾチズムというべきもので、真の意味での差異の体験、つまり異文化のただなかでの格闘や宥和というような趣ものではありません。そのうえ、生活世界とかけ離れたこの詩集のあまりにも高踏的ないし象徴派的な作風は、もちろんそれなりの美質も捨てがたいのですが、まさにこの渡欧が、滞在以前ともいうべき、繭のように守られた滞在、いうなればブッキッシュな滞在であったことを物語っています。

それならば、それから十年後の、うって変わって途方もない破れかぶれの欧州逃避行は、詩人にとって何だったのでしょうか。あれほどの旅なら、ふつうに考えて、何らかの結実を、あるいは少なくとも何らかの痕跡を、その作品にもたらすはずです。

ところが、すでに述べたように、それがほとんど何もないのです。年譜を振り返ると、この時期は作品の発表も詩集の刊行もなく（それどころでなかったことはたしかですが）、詩人としての見事なまでの空白期になっています。そう、「詩人を捨てちゃった」時期です。ただ、未刊のまま戦後に発表された『老薔薇園』――第2章でふれたあの重要な散文詩集が、主としてこの渡欧時期に書かれたのではないかという推測は成り立ちます。けれども、たとえそうだとしても、正確に言うとそれはまたしてもフランドル、詩人にとってのあの繭のなかでの出来事らしいのです。というのは、パリでの生活がいよいよ立ちいかなくなった光晴と三千代は、旧知のルパージュを頼ってブリュッセルに避難し、そこで束の間の平安を得たからです。詩作に打ち込む余裕もできたかもしれません。

しかし、それ以前の、パリ滞在中の期間が、全くの空白なのです。たとえば『ねむれ巴里』を読むにつけても、いったい金子光晴は詩人としてパリで何をしていたのだろうかと訝るほど、詩作はおろか、本を読んだという回想すらほとんど出てきません。「詩人を捨てちゃった」時期ですから、当然といえば当然でしょうが、生活の逼迫ということのほかに、もうひとつ、ヨーロッパでは何も書くことがなかった、詩作への深い衝動が起きなかったという事情もあったのではないでしょうか。

『ねむれ巴里』のなかで唯一エクリチュールに関する話題にふれているのは、いよいよ貧窮のきわまった詩人が、妻をさきにアントワープに赴かせたあと、ひとりパリにとどまり、東南アジアへの旅のノートに手を入れるというくだりです。

フランスへ来て、はじめて一人になり、僕はベッドに腰かけ、悠然とした気持になって小卓に、南洋以来ひらいてみたこともないノートを取り出し、バタビア旅行をひねくりはじめたのであった。今日の糧には程遠いしごとであったが、書いているうちに書くよろこびが清泉のように身内《みうち》にながれはじめた。★6

幾多の波瀾を書き留めた自伝のページにあって、とりたててどうということもないこの一節が、しかしポイントなのではあるまいか、さらにいえば、ここには、詩人の書記行為をめぐるある決定的な方向性が読み取れるのではあるまいか、そう私には思われます。

二度目の渡欧のさい、詩人がアジアを経由して、しかも長々と滞留するように経由してヨーロッパに至ったこと（ちなみに帰路も同様で、シンガポールに長逗留し、マレー半島の要衝マラッカまで旅をしています）を想起しましょう。そしてこの「バタビア旅行をひねくりはじめた」という書記の身振り。「バタビア旅行」とは、のちに『マレー蘭印紀行』としてまとまるあの特異な散文作品の一部を指しているのでしょう。いずれにしても、詩人はヨーロッパにいながら、その主たる関心をヨーロッパには注いでいません。そう、第2章「基底としての散文」に書きつけた文章をそのまま繰り返せば、詩人はヨーロッパに漂泊の身を晒しながら、身体のさらに奥深い部分はなおまだアジアの密林や沼地や都市に遅滞して、その沈黙や暑熱や泥や水や女たちと格闘し、あるいはなずんでいる、とでもいうように。

もちろん、金子光晴にとってヨーロッパ体験が無だったというのではありません。どころか、後年、日本人でありながら日本の他者のようにふるまうことができたその背景には、ヨーロッパで培われた個人主義が大きく作用したことでしょう。また、同じ『ねむれ巴里』のなかには、フォンテーヌブローの森の、「規矩《ものさし》でさしたような、ジオメトリックな、その縦の並行線の無限の連続」について触れ、「その爽快な雰囲気が僕のなかにゆれたなびくものとなって、そのあと十年、第二次世界戦争のときの僕の決意に廓然としたある影響を与えてくれたものと考えていいだろう」[★7]と述懐するくだりがあります。「第二次世界戦争のときの僕の決意」とは、たったひとりになっても抵抗の姿勢をつづけようとしたあの決意を言うのでしょうが、たしかに、ほとんどの詩人たちが沈黙するか変節してしまうなかで、ひとり金子光晴だけが個の自由のために筋を通したようにみえるのは、「規矩でさしたような」「爽快な雰囲気」にはちがいありません。

しかし、おおむねは誇張でしょう。ヨーロッパの整いの森[★8]をたまさか歩いたことより、その前と後に、ほかならぬヨーロッパの植民地だったアジアの大地を、まさしく女の熱い襞に分け入るようにして歩き、おぞましくも哀しいその襞のように棄却しつつ抱きしめたこと、そのいわばポストコロニアル的な経験の方がより深く根源的に、のちの抵抗の姿勢を用意したのではないでしょうか。

アジアで光晴は、植民地支配の過酷な現実をまのあたりにし、つぶさに観察します。彼が「フランスの誘惑」に無縁だった理由のひとつは、西洋近代が、そうした植民地での簒奪と搾取を伴っていることに深く絶望したからでしょう。だからといってしかし、すぐさま民族自決のナショナリズムに荷担するわけではありません。民族主義もまたイマジナリーな幻想に陥りやすいことは歴史の証明する通りですが、光晴は本能的・直観的にそのことを見抜いていたかのようです。ではどうすればよいか。彼がとりわけまなざしを向けるのは、植民地支配がもたらした身体的現実そのものとしての混血に対してです。『女たちへのエレジー』のなかには、いくつかの混血についての詩篇が収められています。「牛乳入珈琲に献ぐ」「混血論序詩」「孑孑の唄」などがそれですが、そこに読まれるのは、混淆という名の、全くの絶望でも希望でもない「今、ここ」の地点、そこにしかし、無根拠なまま生きることの自由だけは広がりうるような地点です。

まじりあへぬ二つの血の相剋の宿命には、インビキサミはあづかりしらない。従つて、二つの民族のどの伝統にも愛執なく、義務もなく、彼女のこころはいつもあかるい。
が哀しみもまたそこにある。仲間のすらあにい並に彼女も軽佻でお洒落で、無道徳で、その日その日は風まかせ。[★9]

「すらあにい」とはスラーニー、つまり混血児のことです。詩人は彼女たちに自分の境遇を重ねます。というか、正確には混血女インビキサミに掬われた水たまりのなかのボウフラに、つぎのような唄をうたわせます。

インビキサミよ。淋しかろ。
おいらもやつぱりおなしこと。
あがつてきてもゆきばなく。
したへおりても住家なく。
宙をぷらぷらするばかり。[★10]

詩人のノマド的身体をなぞらえるのにボウフラでは、あまりにも微細、あまりにもみじめすぎますが、しかしながら、その開き直ったような受動性は、長詩「鮫」の話者をやや彷彿とさせないでしょうか。ボウフラの「宙」が、それよりもはるかに広大で豊かな海に変貌して「おいら」なる主体を浮かばせるとき、彼はまぎれもなく「鮫」に登場する詩の主体「俺」となるのです。

3　詩の海洋に向けて——長詩「鮫」読解

そう、いよいよ、長詩「鮫」を本格的に読むときが来たようです。二四〇行にも及ぶこの作品は、昭和一〇年（一九三五）十月、雑誌「文芸」に発表され、のちに同題の詩集『鮫』に収められてその掉尾を飾ることになります。長い海外放浪を終えて帰国した金子光晴の、記念すべき文壇復帰第一作であり、その後の一連の「抵抗詩」発表のきっかけともなった作品ですが、のみならず、詩という名のより根源的な反抗の身振りを、比類のない海洋の詩学とともに提示して、日本近代詩史にとっても記念碑的な傑作といえるでしょう。

制作年代については、詩人自身が詩集『鮫』の「自序」で「南洋旅行中の詩」と明言していますが、鈴村和成は、その著『金子光晴、ランボーと会う』のなかで、書かれた時期と場所をさらに限定して、「三千代をベルギーに残し、先に帰国の途に着いた光晴は、シンガポールで再度、四か月に及ぶマレー半島北上の旅に出た（……）。彼は『鮫』の一部を、その旅の途中、マラッカの地で書いた——か、その着想を得た——のではないだろうか」と述べています。そして、つぎのようにも。

ひとつのターニングポイントとしてのマラッカ。光晴の旅はマラッカ海峡で大きくUターンしたのだった。

放浪の旅にピリオドを打ち……。いや、ここ、マラッカで、光晴は詩という真の旅に踏み出したと言うべきだろう。★11

書記行為の現場性を強調する鈴村氏らしい推測ですが、「詩という真の旅に踏み出した」というのは、まさにその通りであろうと思われます。

全体は六部に分かれ、最後に詩人自身による「解註」が付くという構成。ではまず、第一部から読んでいきましょう。書き出しは、

海のうはつつらで鮫が、
ごろりごろりと転がつてゐる。

という二行ですが、以下、鮫のリアリスティックな描写がつづきます。中略を挟んで、前半と後半を引用しましょう。

鮫は、動かない。

それに、ひとりでに位置がゆづって並んだり、
　ぶっちがひになったり、
又は、渺かなむかうへうすぼんやり
気球のやうに浮上ったり、

どこまでもひょろけて背のたゝない、
竹のやうに青い、だが、どんよりくらい、
　塩辛い……眩《くら》りとする鹹水へ
石塊の塡った、どぎどぎした空缶が、
かるがると、水にもまれておちてゆく。

（……）

奴らの膚はぬるぬるで、青っくさく、
いやなにほひがツーンと頭に沁る。

デッキのうへに曳ずりあげてみると鮫の奴、
せとものの大きな据風呂のやうに、
頭もない。
しっぽもない。
だが、お得意の海のなかでは、重砲のやうに威大で、底意地悪くて、その筒先はうすぐらく、
陰惨にふすぼりかへってゐる。
奴らは、モーゼの奇蹟のやうに、世界の水をせなかで半分に裂き、死の大鎌のやうに渚をゐぐりとって、倏忽と現はれ、たちまち消える。

鮫。
あいつは刃だ。
刃の危なさだ。研ぎたてなのだ。
刃のぎらぎらしたこまかい苛立ちだ。

鮫。
あいつは心臓がなくて、この世のなかを横行してゐる、無惨な奴だ。
…………………………。[★12]

中略部分はおよそ四〇行。満腹でうつらうつらしている鮫と、そのまわりの、鮫が食い散らかした人間の死骸で充ち満ちているおぞましい海の模様が描かれます。ところで、原氏の評伝によれば、詩人がじっさいに鮫を見たのは、ずっと後年の「七〇年の初め、下田の水族館であった」[★13]というのですから、驚きです。つまり想像だけでこれだけリアルに鮫の生態を書くことができたわけで、それはちょうど、あの天才少年詩人ランボーが、長詩「酔いどれ船」において、まだ見ぬ海を生彩あふれるタッチで描き出すことができた力業を思わせます。

ただこれらの詩行は、リアリスティックとはいっても、例によっておぞましきものへの感覚、つまりアブジェクシオンに裏打ちされており、想像か写実かを超えて、金子光晴でなければ書けない類のものです。同時にそしてこのあたりは、詩集『鮫』の冒頭に置かれて、もしかしたら長詩「鮫」よりも言及される機会の多い詩、そう、あの有名な「おっとせい」と同じ表現のレヴェルにあるといえます。後者の冒頭はこうです。

そのいきの臭えこと。

くちからむんと蒸れる、

そのせなかがぬれて、はか穴のふちのやうにぬらぬらしてること。

虚無《ニヒル》をおぼえるほどいやらしい、

おゝ、憂愁よ。

そのからだの土嚢のやうな

づづぐろいおもさ。かったるさ。★14

「づづぐろい」というのはいかにも金子的なアブジェクシオンの語彙ですが、そのほかにも、「うはっつら」「青っくさく」「臭えこと」——と、両者に共通して、それまでの金子詩にはみられなかった俗語的ないしはべらんめえ調の語彙が認められます。それだけではありません。リアルな「おっとせい」の描写が、第二部になってようやく、「そいつら。俗衆といふやつら」とその寓意性をあきらかにするように、「鮫」という表象も、第二部に入って突然そのアレゴリー的な働きを帯びるに至るのです。

——吾等は、基督教徒と香料を求めてここに至る。

ヴスコ・ダ・ガマの印度上陸のこの言葉は、
――吾等は、奴隷と掠奪品を求めてここに至る。
と、するもよし。
ヤン・ピーターソン・クーンは、バタビヤに砲塁を築き
サー・スタンフォード・ラッフルスは、獅子島《シンガプラ》の関門を扼して、暹羅、日本、支那の手をねぢあげる根城を張った。
奴らの艦隊は、龍舌蘭《ボア・プラカ》のやうに分厚に肥り、白い粉をいちめんにふいて、
ぢっと開いてゐる。[★15]

唖然とさせるようなこの突然の転調。ただの獰猛な海の生き物として描写されていた鮫は、いきなり、あからさまなまでに軍艦の比喩形象であることが明かされ、ひいては欧米列強の（そして遅ればせながら日本もその一角に食い込もうとしていた）帝国主義と植民地支配のアレゴリーとなりおおせています。

従来どういうわけか、この「鮫」を支配や抑圧一般の象徴とみる読み方がふつうだったようで、たとえば飯島耕一も、そういう「鮫」に対抗する「俺」の姿勢を「社会や権力体制への攻撃的な姿勢」と捉えていますが[★16]、漠然としすぎてはいないでしょうか（「俺」の姿勢もそんなに単純に「攻撃的」ではなく、あとでみるように、むしろ受動的です）。テクストにまぎれはありません。

「鮫」は第一義的には欧米列強の軍艦でしかなく、つまり、大航海時代以来数百年を経てつづくヨーロッパの世界化のアレゴリーでしかないのです。「俺」はそれに対して抵抗しようとしているのであって、その後の金子光晴の反戦的な姿勢、戦時下の日本の軍国主義体制への抵抗とはややニュアンスを異にすると言わなければなりません。

それにしても、アレゴリーなどによる意味の一元化は、ふつうなら詩をつまらなくしてしまうものなのに、ここでそうならないのはなぜでしょう。むしろそれをバネのようにして、詩の空間が圧倒的にひろがっていくという印象なのですが、そのわけは、「鮫」の泳ぐ海をそのように一元化し相対化するかわりに、あとでもみるように、いうなればもうひとつの海、反抗としての詩の豊かな海洋性を対置し、そこに強烈なコントラストを描き出したいとする詩人の知的にして情動的な戦略が功を奏しているからであろうと思われます。

ところで、ヨーロッパの世界化は、なにも帝国主義的侵略というハードな暴力を通してのみ行なわれたわけではありません。ポストコロニアルの古典、エドワード・サイードの『オリエンタリズム』によれば、ヨーロッパの世界化は同時にオリエンタリズムという知と表象のシステムを通して成立してきたのです。オリエンタリズムとは、どこまでも異質なものとして接するべき文化的他者を、表象のレヴェルに変換し、知の対象として取り込むという文化装置ですが、金子光晴も、ほかでもない西洋が東洋を自己の世界化のプロセスに組み込んできたその歴史に、はっきりと対峙しているのです。このことをふまえて、フランス文学者の石田英敬が、反オリエンタリズムの詩学として「鮫」を読み直していきます。★17 的確と思われるので、以下しばらく、石田氏の論をふまえながら読解をすすめてゆくことにします。

俺は、そんな波のなかを眩暈《ぐる》めきながら、
黒い蝙蝠傘《かうもり》一本さしてふらついてゐる。
五年、七年、やがて、十年、
あはれや、指も一本一本喰切られ、からだのあっちこっちもなくなって、殆んど半分になっ
てしまって、
ふしぎな潮流に、急き立てられてみたり、
置き捨てられたりしてゐる。
赤道の下で、スマトラ海峡で。★18

引用したのは第二部の中ほどあたり、詩の主体たる「俺」がようやく登場してきました。石田氏の言葉を借りましょう。「〈鮫＝軍艦〉たちが浮かぶジェオ・ポリティクスの水域を、『俺』は、死骸となって波間を漂っている。そのようにして、金子の〈詩の主体〉は、世界化された海の波間を浮游することにより、植民地化された東南アジアの光景を自分自身のことばの海面から見上げる眼差しを確保するのだ――」。その眼差しが捉えるシンガポールの光景は、自然と人間とを、

まるで交換可能なように等価に切れ目なく並置して、悲しくも不思議に美しい印象を与えます。すでにその一部を引用したことがある第三部の冒頭です。

コークスのおこり火のうへに、
シンガポールが載っかってゐる。
ひゞ入った焼石、蹴爪の椰子。ヒンヅー・キリン族。馬来人。南洋産支那人《ババ・ナンキン》。それら、人間
のからだの焦げる悽愴な臭ひ。
合歓木《スナ》の花と青空。
荷船《トンカン》。
檳榔の血を吐く――赤い眩迷。★19

「檳榔の血」には「解註」に説明があって、「檳榔の実を噛みて、暑気払ひをする熱帯人の風習。血とは、血のやうに赤いかす汁をあたりきらはず吐きちらすによる」とあります。イメージのスナップショット。しかし並置されているのはイメージだけではありません。語彙においても、カタカナ表記の外国語（マレー語その他）がそのまま漢字のルビになっていたりして、さながら、フランス語圏クレオール文学の旗手エドゥアール・グリッサンの提唱する「マルチリンガルな詩学★20」の空間にふれているような錯覚を覚えます。いや、錯覚とばかりはいえないかもしれません。

ふたたび石田氏の言葉を借りましょう。「多用されるルビによって、詩は、異邦のことばの断片を風景のエクリチュールのなかに取り込んでゆく。異邦の人々のことばのリズムへと開かれて、混じり合おうとする〈クレオール化〉への途上にあることば。」

先へすすみましょう。間奏曲のような短い第四部を経て第五部になると、いよいよ「俺」の放浪が語られ、鮫の水域を縫いながら、方向性も目的性もなくさまようノマド的身体の海が描き出されます。それは鮫の水域と別ではありませんが、方向もなくそこをノマド的身体が縫うとき、そしてその生の現実化＝言語化という詩的強度を走らせるとき、鮫の水域、「世界化」の水域は奇妙に骨抜きにされ、詩の海洋へといわば脱構築されてゆくのです。

俺はいま、スンダのテロクベトン港外を、赤道下を、マカッサル湾を、リオ群島ビンタン・バタムの水道を、青い苔錆浮いた水のなかを、くらい水のなかを、くらい海藻の林をゆきまよふ。

密林《ジャングル》の喉へ匕首《クリス》のやうに刺さってる川。黒水病。

パハンが、バタンハリが、ペラ河が、ニッパ椰子を涵し、濁水を海に流し、

落ぶれはてたサゴ椰子が黒々と燻る。

芭蕉の葉の飴色のたまり水に、

蚊がわいわいと唄ってゐる。
税関《カストム》。それは、ペラアンソンだ。コーラクブだ。
　パレンバン港だ。★21

いかがでしょう。長詩「鮫」のなかでもっとも美しい箇所です。語られている意味やイメージは暗いのに、それを運ぶ言葉それ自体は、まるでノマド的身体が乗り移ったように、奇妙な運動性というか躍動感を帯び、書くことの自由をさえ謳歌しているかのようです。とりわけ、異言語の響きをもつ固有名詞を列挙してゆくときの主体のはずむような息づかいが、こちらにもダイレクトに伝わってくるようではありませんか。固有名詞の翻訳不可能性が、その非意味性が、かえって、言語の国境のうえを自由に飛び交うもうひとつの言語の空間を開いているかのようです。これが詩の海洋です。「詩のことばの海」（石田英敬）です。

あるいはこの二十数行さき、

俺はいま、南緯八度、経百十五度の、カリモン・ロンボーク沖の珊瑚礁圏をふらふらしてゐる。
月経をそめた鮮紅な鼈甲と、
マントルのやうな菊目石。

孔雀のやうにりっぱな波のなかで、
俺は、酔っぱらってゐた。[★22]

これなど、まさに少しばかりランボーの「酔いどれ船」の、つぎのような一節を思わせます。

そのとき以来このおれは、星の光を注がれて、
乳色に染み、緑の空を貪り喰らう海の詩に、
わが身を浸した、蒼ざめた恍惚とした浮遊物、
もの思わしげな水死人が、時折そこに沈んでくる。

またそこでは、金紅に輝く太陽に組みしかれ、
われを忘れて騒ぎ立ちまたゆるやかに身をゆする
青一面の海原を、ただひと息に染めあげる、アルコールより強く、
竪琴の音より遠くひろがる愛欲の苦い赤みが醸される！[★23]

前章で私は、金子光晴はランボーよりもボードレールに近い、と述べたばかりですけれども、

こと長詩「鮫」に関するかぎり、その位置関係を修正しなければならないのかもしれません。もちろん、主体「俺」は鮫から解放されたわけではなく、どころか、「奴は、尾行者《いぬ》のやうにひつこい」のですが、それでも、

俺はよろける海面のうへで遊び、
アンポタンの酸っぱい水をかぶる。★24

「アンポタン」とは、「解註」によれば「龍眼肉に似た、より大きい果実」だそうですが、それ以上に、「ぽかん」とか「あんぽんたん」とかの日本語を連想させる類音のエコーが効果的です。そうした奇態な名前の果汁を浴びながら、鮫の脅威のただなかを、浮かびただよう遊戯的主体。みたび石田氏の言葉を引くなら、「この徹底的な〈受動性〉にこそ、〈詩のことばの海〉の零度の政治性があるとでもいうように」。

「零度の政治性」。それは詩的強度と表裏の関係にあります。ランボーの「酔いどれ船」の主体がいったんは海洋の大いなる自由を得ながら、最終的には古い「ヨーロッパの水」に帰着してしまうことになるのは、あるいはこの意味深い受動性に思い至らなかったからなのかもしれません。そのかぎりでは、作品「鮫」は「酔いどれ船」を超えているとさえいえるでしょう。そしてこの「零度の政治性」から、ラスト、「鮫＝軍艦」のイメージがふたたび強調されたあとで、突如、つ

ぎのような抵抗する主体が決然と立ち上がり、二四〇行に及ぶ長詩を締めくくるのです。

鮫。
鮫。
鮫。
奴らを詛はう。奴らを破壊しよう。
さもなければ、奴らが俺たちを皆喰ふつもりだ。★25

4　ノマド的身体――「かへらないことが最善だよ」

いまや金子光晴の詩学の――少なくともその頂点をなす『鮫』と『女たちへのエレジー』における――要諦を、つぎのように規定することができるでしょう。すなわち、日本、中国、東南アジアといった巨大なアブジェクトの大地を横断しながら、そのおぞましくも魅惑的な、流動してやまない母性的大地性を、そしてまた西洋という他者による収奪と搾取に晒されている大地性を、クレオール的にしてポストコロニアル的な詩の海洋性へと反転させ、あるいは翻訳すること。そしてそこを、生の現実化＝言語化という詩的強度の縦横によぎる場とすること。この詩の行為を、南からのプロジェクトと名づけましょう。それこそは、近代日本文学にあって金子光晴を真に特異たらしめるのです。その萌芽は、アジア放浪に先立つ一九二九年、上海旅行のさいに書かれた「鱶沈む」にすでに認められ、その最大の成果が、いま読んだ長詩「鮫」にほかなりません。さらに、詩集『鮫』や『落下傘』に収められた一連の反戦詩・抵抗詩も、さきほど「鮫」とはニュアンスがちがうと述べましたが、それでも、この南からのプロジェクトがなければおそらく書き得なかったであろうと思われます。

なぜなら、「鮫」の植民地批判は、ひとまずはヨーロッパの世界化への抵抗ですが、そうしたポジションからひるがえって日本を眺めると、広くヨーロッパの世界化という歴史の流れのなかでもがきながら、愚かしくもみずからその世界化の真似事のようなことをしているようにしかみえなかったからです。同じ状況には同じ対応をしてゆくほかありません。抵抗は当然であり、必然でさえありました。また、アジアの植民地を実地にまわった経験から、混血と雑種性を生き抜くことこそが世界化に対する唯一の現実的解決手段であることを直観的に見抜いていた光晴にとって、たとえば「近代の超克」といったような、アイデンティティの不安を癒すイマジナリーな言説空間の誘惑とも無縁でした。抵抗と引き換えに、どこまでも日本の——「棲みどころのない酋長国[★26]」の——他者となるほかはなかったのです。自己の色で外を塗り込めるわけにもいかないし、自己の色に引きこもってあらぬ幻想をふくらますわけにもいかない。この潔癖さは次章でみる「皮膚」の発見にもつながっていくはずですが、いずれにしても、それが光晴のえらびとったエチカでした。

とはいえ、南からのプロジェクトは、たんにそうした鋭角的な仕事だけをもたらしたわけではありません。そのプロジェクトのまわりに、絵具の滲みのように、独特の優しさを帯びた抒情主体の声がひろがるところが、金子光晴の金子光晴たるゆえんなのです。前章の最初に読んだ「洗面器」もそうですが、詩集『女たちへのエレジー』においてその「洗面器」の前に置かれている「ニッパ椰子の唄」という詩も、そうした一面を伝える佳篇のひとつです。この小論でも冒頭いきなり「かへらないことが最善だよ」云々という有名な連を紹介しておきました。それほど長くないので、今度は全行を引用しようと思います。

ニッパ椰子の唄

赤鏽の水のおもてに
ニッパ椰子が茂る。

満々と漲る水は、

天とおなじくらゐ
高い。

むしむしした白雲の映る
ゆるい水甓から出て、
ニッパはかるく
爪弾きしあふ。

こころのまつすぐな
ニッパよ。
漂泊の友よ。
なみだにぬれた
新鮮な睫毛よ。

なげやりなニッパを、櫂が
おしわけてすすむ。
まる木舟の舷と並んで

川蛇がおよぐ。

バンジャル・マシンをのぼり
バトパハ河をくだる
両岸のニッパ椰子よ。
ながれる水のうへの
静思よ。
はてない伴侶よ。

文明のない、さびしい明るさが
文明の一漂流物、私をながめる。
胡椒や、ゴムの
プランター達をながめたやうに。

「かへらないことが
最善だよ。」
それは放浪の哲学。

ニッパは
女たちよりやさしい。
たばこをふかしてねそべってる
どんな女たちよりも。

ニッパはみな疲れたやうな姿態で、
だが、精悍なほど
いきいきとして。
聡明で
すこしの淫らさもなくて、
すさまじいほど清らかな
青い襟足をそろへて。[★27]

流動する大地性そのものとしての人間のさまざまな排泄や腐敗、それらがまさに海へと流れ込む境界に育つニッパ椰子。その「新鮮な睫毛」に沿って、どこまでもいわば脱領土の線を辿ること。その線のほかに詩人は帰属すべき場所というものを持ちません。そう、「かへらないことが最善」なのです。金子光晴がコスモポリタンの詩人だというのはそういう意味においてであって、差異を無視して人道主義を謳うていいのいわゆるインターナショナリズムとは似て非なるものなのです。また同時に、金子光晴がエロスの詩人だというのも、そのニッパ椰子に沿う線がときに肉を得て骨を得て、引用箇所の「青い襟足」のような女性的形象を描き出すからであり、ありきたりな女性讃歌をうたったりキワモノ的なエロティシズムに傾いたりしたからではないのです。もう一箇所、同じ『女たちへのエレジー』に所収の「雨三題」から、どこまでも脱領土の線を辿る主体のかぎりなく優しい声を聴き取りながら、本章を締めくくることにしましょう。

ああ、このあかるい一すぢの熱情。
若さをわがものとして
芭蕉から芭蕉を踏んで、
はてしもしらずゆきたいな。

いりみだれた
葉と葉の起伏が、
海原のやうにきこえゆくはてまで、
スコールと一緒にわたつてゆきたいな。★28

★註

★1――エドワード・W・サイード『オリエンタリズム』(今沢紀子訳、平凡社、一九八六/平凡社ライブラリー版、一九九三年)、ベネディクト・アンダーソン『想像の共同体』(増補版、白石さや・白石隆訳、NTT出版、一九九七)、ジャン・ベルナベ+パトリック・シャモワゾー+ラファエル・コンフィアン『クレオール礼賛』(恒川邦夫訳、平凡社、一九九七)。また、ポストコロニアルとクレオールという両概念の関係については、鵜飼哲の論文「ポストコロニアリズム――三つの問い」(複数文化研究会編『〈複数文化〉のために――ポストコロニアリズムとクレオール性の現在』、人文書院、一九九八、に所収)を参照のこと。

★2――原満三寿『評伝金子光晴』、三八六ページ。

★3――『全集』第六巻、一四二ページ。

★4――渡辺一民『フランスの誘惑――近代日本精神史試論』(岩波書店、一九九五)、一一二ページ。

★5――『全集』第六巻、一七九ページ。

★6――『全集』第七巻、三一二ページ。

★7――同書、一八五ページ。

★8――原氏が前掲の評伝で、詩人光晴にとっての西洋の森と南洋の森のちがいを的確に指摘していますので、参考までに紹介しておきます。「南洋の森は、光晴が経験したヨーロッパの亜寒帯の森とは根本的に違っていた。南洋の森が母性であるとすれば、西洋の森は、人工的に整然と並び、教会のカテドラルのように天に向かって神にせまろうとする、冷厳で主知的で思想的である点で、まさに父性原理の森だった。そういう両極の森の違いをうけとめることによって、光晴は、その文明や文化の相違や力の源を理解した」(三八四ページ)。ただし、原氏がイメージしている西洋の森は亜寒帯の針葉樹林のようですが、じっさいに光晴が歩いたパリ郊外の森はその大部分が温帯の落葉広葉樹林で、もう少し穏やかな雰囲気があります。
★9――『全集』第二巻、三一〇ページ。
★10――同書、三二一―三二二ページ。
★11――鈴村和成『金子光晴、ランボーと会う』、三九―四〇ページおよび四四ページ。
★12――『全集』第二巻、三七―四一ページ。
★13――原満三寿『評伝金子光晴』、三九二ページ。
★14――『全集』第二巻、八ページ。
★15――同書、四一ページ。
★16――飯島耕一「金子光晴論」、『現代詩読本3・金子光晴』、一一四ページ。
★17――石田英敬「〈オリエンタリズム〉の詩学」、「現代詩手帖」一九九七年二月号、一三八―一四三ページ。
★18――『全集』第二巻、四三ページ。
★19――同書、四五ページ。
★20――エドゥアール・グリッサン『〈関係〉の詩学』(管啓次郎訳、インスクリプト、二〇〇〇)および『全－世界論』(恒川邦夫訳、みすず書房、二〇〇〇)を参照のこと。
★21――『全集』第二巻、五〇ページ。
★22――同書、五二ページ。
★23――粟津則雄訳『ランボー全詩』、二二八―二二九ページ。
★24――『全集』第二巻、五四ページ。
★25――同書、五五―五六ページ。
★26――『全集』第六巻、一六八ページ。
★27――『全集』第二巻、二七一―二七四ページ。
★28――同書、三〇七ページ。

終章　自己と皮膚

1　自己という問題系

以上、多少とも連続するいくつかの位相から金子文学をみてきましたが、結局のところ、金子光晴とはどんな詩人だったということになるのでしょうか。エロスと抵抗の詩人、散文性の詩人、アブジェクシオンの詩人、ポストコロニアルの詩人。たしかにどれも金子光晴の詩の行為の本質にふれています。しかしそれらすべてを合わせても、まだこの詩人の全体像には届きません。というか、ちょうどあのニッパ椰子が詩人をみつめていたように、さらに大きな問題系のうちに包摂されてしまうような気がするのです。私見によれば、それは自己という問題系です。

すでに第1章において、金子光晴がいかに多くの自伝的なページを書き残したかをみてきました。終生自己について語りつづけた詩人。光晴をそのように規定することも可能でしょう。金子文学にとって、戦争への抵抗もポストコロニアル的批判も、誤解を恐れずにいうなら、そのつどの、時代と状況に応じたテーマでした。だからといってテーマの切実さや重要性が薄れるわけではありませんが、とにかくそのように限定されています。ところが、自己はそういうわけにはいきません。無限定です。外が戦争だろうと平和だろうと、あるいは身を国内に置こうと海外に放浪させていようと、自己が問題となるのに変わりありません。詩人が書く行為をつづけるかぎりそれはつきまとい、繰り返し繰り返しその書き換えを、あるいはパランプセストを、たとえ同じ内容の反復であっても、要求してやまなかったのです。

とりわけ戦後においてその傾向は顕著になります。戦争が終わって、とりあえず抵抗の姿勢も必要なくなった。海外に出て見聞をひろめたり、道連れの女とあてもなくさまようという年齢でもない。いや、気がつけば早くも老境に近づきつつある。こうして詩人のまなざしは、おのずから自己へと向きはじめたというべきでしょうか。戦後の最初にして最大の詩的成果である『人間の悲劇』の「序」には、「もし、これが、僕の自叙伝の序の幕だとしたら、必ずしも編年体によらず、僕の生涯を何べんでもやり直すことができる唯一の方法として、この後もこの方法を利用してゆくつもりだ」[★1]と、詩の形式で自己を語るというスタイルへの決意表明のような文章が見出されますし、また、『IL』というキリストを扱った特異な長篇詩作品も、その第三部は「蛇蝎の道」という自伝的な回想のページです。まなざしが内向きになってきたどころか、詩人はもはや書くべきことを外部に持ち得なくなり、ただ回顧的に自己をみつめるほかなくなったのでしょうか。

いや、そればかりではなかったようです。結論めいたことを先に言えば、驚くべきことに、外部がそのまま自己となりはじめていたのです。外部の何らかの事柄が対象になっていても、それを自己のように語りはじめていたのです。逆もまた可能です。自己がそのまま外部となりはじめ、自己を語りながらいつのまにか外部に出ている。というかむしろ、自己の内とか外とかという区別が無意味になって、そのかぎりなく中間のゾーンが意味深くなる。中間のゾーン、そう、皮膚です。潜勢する生の現実化＝言語化のあらたなステージといってもよいかもしれません。戦後の金子文学の可能性の中心、あるいはその後期作品群を通じて詩人が行き着こうとした極点、それを言い表すとすれば、いま述べたようなことになるのではないかと思われます。

だがそのまえに、そもそも自己を語るということ、それはどういうことなのでしょう。ナンセンスな問いだと思う人もいるかもしれません。自己の探求、アイデンティティの追求。多少シニカルに言えば、そこに露悪趣味や韜晦趣味が混じることがあるかもしれないが、いずれにしても、近代的自我に特有の書記のふるまい、それが自己を語るということであって、逆に言えば、そういう自己が三人称に変貌しないかぎりは、真の意味での文学——文学批判としての文学——にはならない。

でも、ことはそんなに単純でしょうか。たしかに、金子光晴もまた恐るべき自我意識の人として知られています。性格的な意味においてだけでなく、思想の文脈においても、あまたの近代詩人たちのなかにあってもっとも徹底して近代的自我たらんとした人。たとえば高村光太郎――同じくヨーロッパ滞在の経験をもち、いわば本場で近代的自我を身につけたかにみえながら、その後急速に父祖伝来の共同体的感情へと傾いていったあの『暗愚小伝』の詩人と比べれば、違いはあきらかでしょう。金子光晴は筋金入りの自我の人であり、その自我ゆえに戦争に抗することもできたとする見方が、金子文学についての一般的理解でもあります。

また、時代思潮との関連で言えば、戦前の一時期、マックス・シュティルナーというドイツの哲学者がよく読まれていたらしく、その主著『唯一者とその所有』からの影響を挙げることもできるでしょう。アナーキストや虚無主義者たちのバイブルであったというこの書物に光晴も魅了されていたようですが、それはちょうど詩人としての形成期にあたっていたので、その影響は無視できません。シュティルナーの思想は自我主義といって、世界が存在する意味はただ各人の自我の十全な発現のためにあるのであってそれ以外ではないという、近代的自我の極北のような考え方です。[★2]戦時中光晴が息子を無理矢理喘息の状態にするなどして徴兵から守ろうとした行動はよく知られていますが、それも純然たる反戦の意志の表明というより、全体への奉仕のために「各人の自我の十全な発現」が犠牲にされることそれ自体への抗議という意味合いのほうが強く、それゆえのちに、徴兵忌避は詩人の身勝手な行動にすぎないという批判が一部に生じたのも、あるいはやむを得ないことなのかもしれません。

だがそれにしても、いま述べたような事情のすべてを踏まえても、金子光晴において自己を語るということは、尋常一様ではありません。どこかしら常軌を逸しているようなところがあって、近代的自我の達成とか恐るべき自意識家とか、そういうレヴェルでは捉えきれないような、ある種の過剰さをかかえている――そんな気がしてならないのです。いや、ひょっとすると、自己を語るということは、それ自体がすでに過剰なことなのかもしれません。なにしろ近代というのは、自我が確立されると同時に、それが他者に成り変わる契機でもあり、つまり近代の極限においては、ランボーの言うように「私とは一個の他者である」でもあるのですから、そういう自己を語るということは、たんなるアイデンティティの追求というレヴェルを超えて、なにかしら過剰なこと、あるいはほとんどバタイユ的な蕩尽の領域に属することであるかもしれないのです。

いまランボーを引き合いに出しましたが、この十九世紀西欧の蛮童もまた、「私とは一個の他者である」と断言する一方で、その他者である自己について語ることを試みました。そう、あの激越な詩的自伝、『地獄の季節』です。私の愛読している粟津則雄訳から、いくつか印象的なフレーズを抜き書きしてみましょう。

おれはがつがつと神を待っている。おれは永劫に劣等人種だ。

（……）

おれはいまでも自然を知っているのか？　このおれという人間を知っているのか？――もはや言葉はない。死人どもはおれの腹のなかに葬ってやった。叫びだ、太鼓だ、踊りだ、踊り

だ、踊りだ、踊りだ！

（……）

おれはかくされている、しかもかくされていない。

（……）

おれは架空のオペラになった。

（……）

おれには人々がみな、他のいくつかの生を負わされているように思われた。この旦那は自分が何をしているのか御存知ない、ところが彼は天使なのだ。この一家は一腹仔の犬ころだ。おれは誰かれのまえで、彼等の別の生活のひとつのなかの或る瞬間と、大声で喋りあったものだ。——こうしておれは一匹の豚を愛したのだ。

（……）

おれの健康はおびやかされた。恐怖がやって来た。幾日も続く夢に落ち込み、起きあがってもまだ世にも悲しい夢から夢を見続けていた。この世におさらばする時が熟していた。かずかずの危難にみちた道を、おれの弱さがおれを導いて行った、世の涯に、闇と旋風の国キンメリアの涯に。★3

『地獄の季節』は文学への訣別の書として名高いわけですが、じっさいには、詩人はそこで、演技する自己、自己の分裂ないしは複数化、自己が別の自己を生み出す絶え間のない差異の運動、そうしたものを語りつつ清算し、あるいは消尽して、いわばきれいさっぱりと、たんにそこにいる他者のような存在になろうとしたのかもしれません。

ランボーほど激越ではないにしても、わが金子光晴が自己を語るときにも、似たような過剰さが感じられるような気がするのです。そこで、つぎのような仮説を立ててみましょう。金子光晴は、自己からの絶えざる逃走、自己との生まれ出てやまない距離、そうしたものを宥め、あるいは棄却し、あるいはそうしたもののうちに生き抜こうとするためにこそ、自己について語りつづけたのではないか。

2 皮膚の発見——『蛾』から『人間の悲劇』へ

たとえば『蛾』という戦時中に書かれた詩集があります。『鮫』に比べるとインパクトはいまひとつですが、「抵抗とエロスの詩人」が同時にこんな内省的で繊細な詩も書いていたのかという驚きはあり、あらためて金子ワールドの幅の広さというものを再認識させてくれるという意味では、これもやはり重要な詩集です。もう少し突っ込んだ言い方をするなら、詩人自身、「この詩集は、僕の皮膚の一番感じ易い、弱い場所で、例へばわきのしたとか足のうらとか口中の擬皮とかいふところに相当する」[★4]と「あとがき」に記していることからも窺えるように、『鮫』や『落下傘』にみられるような抵抗する主体とはかなり趣を異にする、脆くて弱い抒情主体を前面に押し出した詩集です。つまり、抵抗する主体をひとつのありうべき自己として定位すれば、そこから剝離し逃走しようとしているもう一つの自己が生まれてしまうという、そしてその分裂の場が、比喩的とはいえ「僕の皮膚」の一部として与えられている（つまり、あとでみる皮膚の発見にも通じてゆく）という、そのあたりの機微をテーマにしているといえなくもありません。

詩集『蛾』の内部でもゆらぎがあります。全体は「蛾」「薔薇」「三人」の三部に分かれ、最後のパートは、

重箱のやうに
狭つくるしいこの日本。

すみからすみまでみみつちく
俺達は数へあげられてゐるのだ。

（……）

雨はやんでゐる。
息子のゐないうつろな空に
なんだ。糞面白くもない
あらひざらした浴衣のやうな
富士。★5

という有名な「富士」をはじめ、戦争体制下のひたむきな家族愛をうたってよく言及されますが、直情的すぎて、自己を語る異様さという観点からするとややもの足りません。そういう意味でむしろすぐれているのは、冒頭の「蛾」のパートです。「薔薇」のパートもそうですが、手法としては象徴主義的なので、一見、あの『こがね虫』の世界が回帰してきたような感じがします。では、「蛾」は何を象徴しているのでしょうか。ひっそりと夜に息づく蛾、もちろんそこには、戦争一色に塗りつぶされた夜の時代を耐えている詩人自身の姿が、多少とも投影されているとみても不自然ではないでしょう。事実、作品は一人称を借りた蛾のモノローグのようなかたちで始まります。だがすぐに「蛾よ」と呼びかけられて、蛾は語る主体ではなく語られる対象であることがわかるのですが、にもかかわらずその対象は、ときに主体の自画像とも重なるような曖昧さをどこまでも残しているように思われ、しまいには不分明のまま世界の夜の奥深さそのもののなかに沈んでゆくかのようです。

僕らの生きてゐるこの世界の奥ふかさは、恥となげきのうづたかい蛾のむれにうづもれ、
木格子を匍ひのぼり、街燈を翼で蔽ひ、酒がめにおちてもがき、
濠水に死んでうかんでゐるあの夥しい蛾のむれに。[★6]

蛾はまた別の箇所ではエロス的対象であり、「蛾はつまり、女たちなのだ[★7]」とはっきり言われています。蛾という象徴のこのような多義性は、前章でみた「鮫」のアレゴリー的な一義性と好対照であるといえます。「鮫」においては、この獰猛な魚の一義性に対応すべく、「俺」という抵抗する主体が、受動的にとはいえ鮮やかに立ち上がるのに対して、「蛾」においては、多義的な曖昧さのうちに自己も非自己も区別のつかないような、ある種の雰囲気的な共同性が醸し出されてゆくかのようです。

自己を語るかにみえて、語られるのはその自己のゆらぎ、ないしはそこからさらに伸び広がる何らかの共同性でもあるという不思議。これがたとえば『蛾』のつぎの詩集、『鬼の児の唄』になると、もっとはっきりします。

鬼の児はいま、ひんまがつた
じぶんの骨を抱きしめて泣く。
一本の角は折れ、
一本の角は笛のやうに
天心を指して嘯く。
「鬼の児は僕ぢやない
おまへたちだぞ★8」

金子光晴の面白さというのは、ヌエ的といってもよいこうした幅にあるともいえるでしょう。もうひとりの近代の大詩人に、本書でもすでに再三引き合いに出している西脇順三郎がいますけれど、この『旅人かへらず』の詩人は、光晴とは全く対照的に、自己というものをほとんど語りませんでした。西脇ワールドにあって詩人主体は、ポエジーを言語以前から言語へもたらすメディエーターとしての性格が強く、そのむきだしの声が作品にあらわれることはまれです。言い換えれば、自己は言表行為の主体ではあっても、言表の主体であるとはかぎらないという格率が作品を律しています。ところが光晴の場合、自己はのべつ作品に顔を出し、そのいたるところで、抒情主体との区別も怪しいモノローグを繰り広げるというありさまで、それこそ、詩人自身が恋情について語った言葉を借りれば、「ぬけばとめ途もなく水の走る栓を、しらずにぬいてしまつたやう」[9]な感じです。

『蛾』と『鬼の児の唄』の時期を経て、自己を語るという主題を全面的に展開したのが、戦後の金子詩の代表作といってよい『人間の悲劇』です。タイトルからするといささか大仰で悲愴な叙事的作品が連想されますが（「日本人の悲劇」というエッセーも詩人は書いています）、その実態は、すでに指摘したように、詩による自叙伝の試みともいうべきものです。自分をとりあえずは「鬼の児」に見立てたように、いままた半生を振り返ってそれを「悲劇」であったと、光晴一流の露悪的な韜晦趣味を打ち出しているわけですが、もちろんそれだけではありません。『人間の悲劇』を正面切って取り上げてみましょう。

テーブルのふちから
海は、あふれる。[10]

と、海の喚起から作品は始まります。つねに金子ワールドを支える基底である水＝海。詩人自身も「生涯を通じて、ぼくは海にひかれた。今もさうだ」と述べていますから、まずは詩的自伝にふさわしい書き出しといえるでしょう。そして、第2章でもふれたように、「唄」としての行分け詩と地の文としての散文とを織り交ぜながら（さきほど引き合いにだしたランボーの『地獄の季節』でいえば、ちょうどその「錯乱――言葉の錬金術」の章のように）、過ぎた青春が語られてゆきます。

しかし、構成はそれほど単純ではありません。作品がすすむにつれて、突然書き手の現在が入り込んで書斎の窓の外の青虫が描写されたり、また、「No. 3――亡霊について」「No. 4――死について」はともかく、「No. 6――ぱんぱんの歌」や「No. 8」のとくに「海底をさまよふ基督」となると、もはや自伝の領分を逸脱して、さながら『女たちへのエレジー』の戦後版ともいうべき、あるいは後の作品『IL』の予告のページのような趣となります。そうしてさらに、「海底にしづんでいゐる怪物ども」にいたっては、ヒエロニムス・ボッシュの絵を想起させるような地獄図絵の様相となり、まさに普遍的な「人間の悲劇」ですが、ところがそこに、またも自己という主題が回帰してくるのです。例の「恋人よ。／たうとう僕は／あなたのうんこになりました」の詩とともに、『人間の悲劇』のなかではいちばんよく知られ、金子光晴の代表作のひとつともなっている「くらげの唄」がそれです。短いので全行を引用してみましょう。

ゆられ、ゆられ
もまれもまれて
そのうちに、僕は
こんなに透きとほってきた。

だが、ゆられるのは、らくなことではないよ。
外からも透いてみえるだろ。ほら。
僕の消化器のなかには
毛の禿《ち》びた歯刷子が一本、
それに、黄ろい水が少量。

心なんてきたならしいものは
あるもんかい。いまごろまで。
はらわたもろとも
波がさらっていった。

僕？　僕とはね、
からっぽのことなのさ。
からっぽが波にゆられ、
また、波にゆりかへされ。

しをれたかとおもふと、

ふぢむらさきにひらき、
夜は、夜で
ランプをともし。

いや、ゆられてゐるのは、ほんたうは
からだを失くしたこころだけなんだ。
こころをつつんでゐた
うすいオブラートなのだ。

いやいや、こんなにからっぽになるまで
ゆられ、ゆられ
もまれ、もまれた苦しさの
疲れの影にすぎないのだ！[★11]

この受動的主体、そしてこの白けた詩的世界は、ランボーやボードレールとともに光晴が親しんだもうひとりのフランス近代の詩人ヴェルレーヌを思わせるものがあります。じっさい、詩人の死後にかなりの量の未発表のヴェルレーヌ訳詩稿がみつかり、フランドル地方を旅した折りの紀行文とともに、『フランドル遊記　ヴェルレーヌ詩集』として公刊されましたが、その解説のなかで飯島耕一は、「私見によれば金子さんには軽妙かつエロティックな市井の詩人、ヴェルレーヌがもっとも合っている」と看破しています。[★12]

と同時に、「ゆられ」「もまれ」のリフレインによる主体の受動性の強調は、金子光晴の作品史において、はるかにあの「鮫」の「俺」とも呼応しているかのようです。しかし、前章でみたように、「鮫」においては主体の受動的な姿勢が意味深い政治性を内包していたのに対し、ここでの受動性は主体をただひたすら薄くし、「からっぽ」にし、まさにくらげを想わせるような表皮だけの存在にしてゆきます。

表皮あるいは皮膚。かつて、「人間にとってもっとも深いもの、それは皮膚である」と言ったのはポール・ヴァレリーです。[★13] またニーチェは、「表面に、皺に、皮膚に、敢然として踏みとどまること」と、皮膚性への意志ともいうべき態度を表明しました。[★14] さらに西欧的文脈を引っ張るなら、フランス現代のユニークな思想家ミシェル・セールは、身体を分散的な自己接触点の力動的な系として捉え、皮膚が皮膚と接触するところで魂が生成し移動してゆく、などと、それ自体きわめて詩的な言説を展開しています。[★15] わが金子文学においてもまた、自己というテーマの途上で、あるいはそれを延長して、いよいよ皮膚が問題とされるに至ったのです。もはや自己の内部を語ることが問題なのではなく、外部へと晒された自己の表皮、内部と外部とを分かち交流させ、場合によっては不分明にもする表皮こそが問題なのだ、とでもいうように。そう、そのようなものとしての皮膚の発見です。

さらに言えば、たとえば谷川渥はそのユニークな芸術論『鏡と皮膚』のなかで、われわれの本質的な身体経験として鏡像体験と皮膚の体験をあげていますが[★16]、自己を語るということが比喩的に自己を鏡に映し出すことにほかならないとすれば、その鏡像体験が皮膚のテーマを導き出すのは、けだしひとつの必然であるのかもしれません。皮膚はまた、もちろんエロスの系とも連続しています。この場合は、あるいは肌といったほうがふさわしいかもしれませんけれど。

ほねぐみのうへをゆつる肌のしなひある起伏。
なだらかに辷り、おちあふ影と影の仄かさ、
肌から肌のゆくへをめぐつて、五十年。
はるばると僕はのぞむ。——肌の極光を。[★17]

『鬼の児の唄』に所収の、ずばり「肌」と題された短い詩から引きました。自己、身体、エロス——金子ワールドにとってもなじみ深いそれらさまざまな系が流れ込み、また分岐してゆく要衝のひろがり、それこそが皮膚という場所なのです。つまり、繰り返しますけれど、潜勢する生の現実化＝言語化のあらたなステージです。

3　触れ合う者の共同体

じっさい、『人間の悲劇』は、「No. 10——えなの唄」で締めくくられます。「えな」とは「胞衣」、つまり胎児を包む膜のことで、これもまた表皮ないしは皮膚の一種といえるでしょう。冒頭いきなり、「胞衣」が「ひふ」と言い換えられている箇所を引用してみます。

ひふは、こはれたパラソルのやうに。

ひふは、ぼろぼろなシャツや、ももひきになって。

よれよれのハンカチーフ。洟をかんだよごれたハンカチーフをむすんでゆくやうに、次から次へむすび玉でつながって。
人間はへその緒で、天の神さまとむすびつかうといふのだ。
（神さまには、へそがありたまふか。）

胞衣《えな》よ。
うき世の風にたへきれないいのちがなげ出されて、
パラフィン紙のやうなうす皮をかむって、うごめいてゐる。
それが僕だ。僕につながる君たち。また、僕の生理につながる美。
レントゲンのなかで逆さになった僕のこひびとよ。
毛細血管をびっしりはりめぐらせて
君にもうす皮がはってるぢゃないか。★18

読まれる通り、皮膚のテーマの全面的な展開です。思えば、この詩集の序で、「僕は、じぶんのヒフと、どこまでもつづくそのヒフのつながりを――移住者やキリストのヒフまで遡って、ヒフをくぐる水泡についてひびわれについて観察したかったまでだ」★19と詩人は制作のモチーフを述べていたのでした。その観察の結果が「えなの唄」です。自己を語るということが自己を空無にして、自己と非自己の境界をのみ際立たせ、その境界に沿ってなおも語るとき、それはおのずから、自己であって自己ならざるなんらかの共同性について語ることに反転してゆくのです。かつて詩人は、アブジェクシオンの身振りによって天皇制を批判することができました。皮膚もまたアブジェクシオンとは無縁でいられませんが、だからこそその危うさを危うさのまま繋いで、天皇制国家という「幻想の共同体」とは別の、いわば触れ合う者の共同体を発見してゆくのです。

あらゆる精神的破滅にかかはりなく、僕の皮膚は、爽やかに、この時代の皮膚とふれあふ。冷たい解剖鋏よ。それを君の頬にあてると、僕の尻の半面にひやりとしたものがながれる。君の手にさはると、僕の背すぢが芒原《すすき》のやうに戦《そよ》ぐ。さうだ。見しらぬ女の腹のうへにのってゐる鋏のおもたさが、一片の氷塊のやうに、僕の腹でとけはじめる。

帰納法によって、僕は、世界の人間が一枚のヒフでつづいてゐる宿命を知った。その皮膚の一方のすみから疥癬がはじまる。★20

この共同体はしたがって、単純な皮膚の礼賛ではありえず、むしろおぞましさにおける皮膚の分有といった方がよいかもしれません。戦時から戦後への激しい転換期にあって、自己の内にも外にも、もはや信ずるに足るものは何ひとつ存在していない。だが、ふと気づけば、それがどんなにおぞましいものであれ、まだ皮膚というインターフェイスの場が残されているではないか。というか、皮膚ばかりは、何がどう変わろうと知ったことかというふうに存続しうる唯一の場なのではないか。天の邪鬼ぶりにかけては人後に落ちない詩人金子光晴が、おおげさにいえばそんな認識論的転回に見舞われたとしても不思議ではないでしょう。その展開は、アブジェクシオンの章でも述べた肯定性の契機でもあります。

それに、あたりまえのことですけれど、皮膚は自己を覆い守る遮蔽膜であると同時に、自己を外あるいは他なるものへと開いている界面でもあります。このすぐれて両義的な皮膚をもし分有することができるのであれば、それこそはきわめて逆説的に、戦後の詩人のなけなしの希望となるのではないでしょうか。その証拠に詩人は、

ごむ風船みたいにふはついたお嬢さん。
青空で、ぱんぱん割れるお嬢さん。
うんこをちょっぴりお尻につけて
とびまはってゐるお嬢さん。

いまが悲しい時代だって、君は若い。
君のからだははずんで、天と頬ぺたをつけっこする。
君の恋人になりたいな。だめなら僕は
せめて、石鹼になりたいよ。

くすぐったがるわきのしたや、
おへそや、またを辷りまはり
君の素肌で泡を立てて

身を細らせる石鹸に。[★21]

とエロス的接触におどけてみせ、また別の詩、たとえば『人間の悲劇』のつぎの詩集『非情』に所収の「赤身の詩」という作品のなかでは、逆に、皮膚という意味深い閾の喪失を敗戦後の東京の廃墟と重ね合わせて、つぎのようにわかりやすく問いかけています。

いつなほるのだらう?
いつ?
うす皮でもいゝ。
皮ができるのは?

この掌のうへに
玉のおもさを秤り
この掌で
ほかの掌を愛撫できるのは?[★22]

皮膚はまたそのひろがりから散文性の詩学の象徴でもあり、その詩学で描き出された都市の姿でもあるのでしょう。思い起こしてください。本書の序章で『どくろ杯』に描かれた上海を紹介しましたが、光晴が惹かれた魔都上海もやはりひとつの皮膚であったことを。魔都は海につづいています。海もまたその形状からして皮膚であり、というか、皮膚がその最高の流動性を得て自己の外にあふれ遍在している状態がすなわち海なのであり、事実、光晴の詩的想像力が最高に高められるとき、「鮫」がそうであったように、彼はいつも海とともにあるのです。

その意味で、同じく詩集『非情』に所収の、端的に「海」と題されたつぎの詩は、詩人金子光晴が長いその詩的歴程の果てにどのような地点に到達しえたのかを、過不足なく示しているといえましょう。光晴の詩は、しばしばその饒舌がわざわいして作品の質を落としてしまうことがあるのですが、この「海」にはそういうこともなく、抑制のよく効いた、含みのあるイメージの流れがつくり出されています。全行を引用しながら読んでゆくことにしましょう。

蠟燭のくらい灯影で
海が眠る。
すこやかな
ね息をたてて。

くらやみのなかで

僕の掌がさぐるのは
絹も
ダンテルも踏みぬいて

一糸まとはぬ海。
まひるのほてり猶さめず
ねぐるしさうに
寝返りをうつ。[★23]

書き出しの部分です。海は横たわる女体のイメージに重ねられています。けれどもこのエロスの海は、それ自体で完結しているわけではありません。

僕のなかで
揺れてゐるこのおもひは
もはや、愛慾でも
その記憶でもない。

砂の傾斜《なぞへ》に
のしかかる海。
その斥量に
胸をおされて、

僕の息はあへぐ。
溺れまいとて、僕が
夢中で泳ぎまはつた
その深淵。

ミキサーのやうに
なまぐさいものと
あだ酸つぱいものとを
かきまはす海よ。

いりみだれた
思念にも似た

藻くさを
もてあそび、

誘ひこむものを
気まぐれに
その歯で咬んで
ふりまはし……。★24

愛欲でも記憶でもない「搖れてゐるこのおもひ」とは、まさにいま＝ここで触れ合う者同士の、エロス的な合一をも超えたかぎりない優しさのあふれでしょう。そのあふれがまた海のイメージを呼ぶのです。恋人を愛撫するしぐさはそのまま航海の夢となって、つぎのような、「鮫」におけるよりもさらに闊達な「詩のことばの海」のノマド的身体をもたらし、それと区別がつきません。

パラオや
南太平洋の島嶼《しまじま》を
あめ玉のやうに

舌先でころがし、
アメリカの岸を
しやぶりまはし
海流にそうて
舌なめづりしながら
オーロラに欺かれた
シベリヤの
ふるい徒刑地の
背すぢをつたひ、[★25]

このように想像力を地理的に世界大にまで拡大したあとで、詩の海洋を漂うノマド的身体の本質がつぎのようにうたわれます。

さかんな水の生理よ。
僕が

あくがれたのは
空気では生きられぬ条件の

別な現実のすばらしさだ！
たえまない水の
ゆらゆらのなかで
停《とど》まらぬ美が

根の植わらない心の
明るさが、
僕を抱いては
僕をわすれ、

僕のせなかに
真珠をなすり、
僕の手足を
夜光虫でかざる。★26

「さかんな水の生理」――まさに金子ワールドをひとことで言い表したような言葉です。最後にはまた、マクロからミクロへと想像力は収束して、触れ合う者の共同体が、この詩人らしい卑近な身体のメトニミーによって確かめられます。

こよひ、海は
僕のゐる渚を、
繊い、やさしい指先で
まさぐる。

こひびとたちが
なかばうつつで
やはらかい恥毛を
もてあそぶやうに。[★27]

このミニマルな共同体。最低の、末端の、そして官能の事後ですらある、しかし依然としてインターフェイスの場だけは保証され、かぎりない皮膚のやさしさに満ちた共同体。そういえばあのニッパ椰子、詩人の脱領土の線の最良の象徴だったあの南洋の植物も、「こひびとたち」のように「かるく／爪弾き」しあっていたのでした。

4　皮膚という名のフローラ——金子光晴の到達点

そう、あるいはフローラといってもよいかもしれません。皮膚という名のフローラ。「やはらかい恥毛」がすでにして植物のようですし、なかんずく、『非情』のあとの詩集『IL』には、キリストの主題と自叙伝のはざまに、つまり他者と自己の触れ合うゾーンそのものをなすかのように、「歯朶」という長い詩が置かれていますが、これがまた「えなの唄」と同じおぞましさにおける皮膚の分有という雰囲気をもつのです。冒頭部分を引用しましょう。

　　しだのことをはなさう。
ほかに、話すこともないから。

しなやかな手のうへに、
おそる、おそる、そつと
かさねてゐる手のことを。

その手のさきについて
こまかくふるへてゐる
五ほんもある、指のことを。

その五ほんともが
せせらぎのやうにふるへる
ほそぼそとした指先のことを。

しだのはなしをしよう。
ほかに、話はないのだから。

をののきのうへに
かさなるをののき、

息づかひのしたから
もれる、息づかひ、

いつのむかしからか
しげりに、しげる
うらじろ、しだ、わらびの類。★28

「しだ」つまりフローラのことを話そうと言いながら、いつのまにか人間の手や息のこと、人間と人間の接触のことが語られ、それからまた繁茂するフローラへと話題の対象が戻ってゆく。というか、両者は同じなのです。事実、作品の最後に置かれた散文部分で、詩人はつぎのように書くに至ります。

しだの涼しい衣ずれをきき、レース編みをもれる陽のせせらぎをさまよつて、植物のからだを循環してゐる血液と、僕の身うちにながれてゐる樹液とがまざりあひ、一つにつながれた解放感と、かなしみの情でしかあらはしにくい恍惚とを、はじめて味はうことができたのは、じやがたらのボイテンゾルク植物園のなかにある、大歯朶の林のなかに迷ひ入つたときであつた。★29

「ボイテンゾルク植物園」とは、『女たちへのエレジー』において、「髪油のにほひのする木」以下、人間の姿形をした不思議な木たちを詩人にもたらしたあのバダビアの植物園です。[★30] したがって、戦後に書かれたこの「歯朶」も、南からのプロジェクトの成果の一つと考えてよいでしょう。それにしても、「植物のからだ」を血液が、「僕の身うち」を樹液が循環するというこの奇妙な交差配列。人間とはフローラであり、フローラとは人間なのです。そしてその一種の神人同形論から、「かなしみの情でしかあらはしにくい恍惚」という、これ以上はないというほど金子光晴的な究極の対義結合（「かなしみ」と「恍惚」との）があらわれてくるのです。

いまや、金子光晴が最終的にどういう詩人であったか、そのありうべき近似値を求めることが可能でしょう。「じぶんのヒフと、どこまでもつづくそのヒフのつながり」のようなもの、そして場合によってはそのつながりが「一つにつながれた解放感と、かなしみの情でしかあらはしにくい恍惚」にもなりうるようなもの、たえずそれに突き動かされ、それを問い、あるいはむしろそれに問われるようにして、ともかくもそれに言語表現を与えることにおのれの全エクリチュールを賭けた人、それが金子光晴だ、ということになるでしょうか。彼にとってたえず自己について語りつづけるということは、およそそのようなことを意味するのです。

最後にもう一篇、やはり『非情』――戦後にこの詩人が書いた詩集ではもっとも緊張度が高いそのなかに、「自我について」という、一見、まさに自意識の詩人といわれる光晴にふさわしい

タイトルの詩があります。だがここでも、その結末は、

指は指、鼻は鼻で、てんでんに生きのびようともがき、
悪血を吸つて蛭のやうにふとり、底泥のやうに酔ひ、

僕にはなんのかかはりもなく、毛は起きあがつてざわめき、しぶきをあげ、
伸縮し、うごめく葩の皮膚、循環し、化膿し、くづれ、また癒着するもの。★31

となっていて、より内容に沿ったタイトルに直すとすれば、「自我を逃れるものについて」「自我であって自我でないものについて」なのです。自我を超えた自己、非自己との区別もつかず、いつのまにか非自己を内に取り込んで他者のようになっている自己、そのようなものとしての、無限の皮膚そのものである自己、皮膚で充満し、「ざわめき、しぶきをあげ」ている自己、フローラである自己、自己であるフローラ。前々章でみた金子光晴特有の曖昧なアブジェクシオン、底なしの生の肯定へと反転しうる融通無碍なアブジェクシオンが及んでいたのはこの自己だったのかもしれず、また前章でみた「かへらないことが最善」な脱領土のステージがひそかに開かれていたのも、この自己のうえにおいてだったのかもしれません。それはまた、序章で提起しておいた問題に戻れば、潜勢する生の現実化＝言語化という詩的強度の最終形態ということにもなるで

しょう。

同時にしかし、金子光晴を読もうという本書の促しも、このあたりで宙を摑むような感じとなります。行く手には詩人の晩年があり、なおもかなりの量の詩作品が書かれますが、それは次第に緊張度を失い、諸テーマの減衰的な反復のうちに遠く無の方へとフェードアウトしてゆくかのようです。もちろんそのなかから『若葉の歌』や『愛情69』といった愛すべき小宇宙が生まれ、それはそれで読むに耐えるものですけれど、基底としての散文からアブジェクシオンとポストコロニアルの熱風を抜け、皮膚という名の不思議なフローラの発見にいたった本書の流れからすると、さすがに圏外でしょう。

むしろ詩人の晩年は、序章でも紹介しましたが、『どくろ杯』『ねむれ巴里』『西ひがし』の自伝三部作で「大勝」を収めた時期であり、そこでは、自己を語るということが詩という呪縛からようやく解き放たれて、良質で肩の凝らない物語文学のすぐ近くにまで遠出しています。私もまたその無類の面白さの方へと、ただし今度は「金子光晴を読もう」などという野暮な促しは捨てて、戻ってゆくべきでしょう。

註

★1――『全集』第三巻、七五ページ。
★2――原満三寿『評伝金子光晴』からの孫引きで、シュティルナーのつぎの言葉を紹介しておきます。「革命は人に組織を命ずる。叛逆は人が勃興して彼自身を高めることを要求する」（二二二ページ）。
★3――粟津則雄訳『ランボー全詩』、三一三―三六四ページ。
★4――『全集』第二巻、二六六ページ。
★5――同書、二三九―二四一ページ。
★6――同書、一七八ページ。
★7――同書、一七九ページ。
★8――『全集』第三巻、一三―一四ページ。
★9――同書、二三三ページ。
★10――『全集』第三巻、七七ページ。
★11――同書、一九三―一九五ページ。
★12――『フランドル遊記　ヴェルレーヌ詩集』（平凡社、一九九四）、三八二ページ。
★13――ポール・ヴァレリー「固定観念」（菅野昭正・清水徹訳）、『ヴァレリー全集３』（筑摩書房、一九七六）。
★14――フリードリッヒ・ニーチェ『悦ばしき知識』（信太正三訳、ちくま学芸文庫、一九九三）。
★15――ミシェル・セール『五感』（米山親能訳、法政大学出版局、一九九一）を参照のこと。
★16――谷川渥『鏡と皮膚』（ちくま学芸文庫、二〇〇一）。
★17――『全集』第三巻、四八ページ。
★18――同書、二一一―二一二ページ。
★19――同書、七五ページ。
★20――同書、二一三―二一四ページ。
★21――同書、二一八―二一九ページ。
★22――同書、二九四―二九五ページ。

★23——同書、二五〇ページ。
★24——同書、二五一—二五二ページ。
★25——同書、二五二—二五三ページ。
★26——同書、二五四—二五五ページ。
★27——同書、二五五ページ。
★28——『全集』第四巻、九九—一〇〇ページ。
★29——同書、一一一ページ。
★30——『女たちへのエレジー』では表記が「ボイテンゾルフ植物園」となっていますが、同一のものでしょう。原氏の評伝は「ボイテンゾルグ（現ボゴール）植物園」としています。
★31——『全集』第三巻、二九一ページ。

あとがき

　こうして私は、金子光晴を読み終え、その全集やら参考文献やらを書棚に戻して、机の上は更地のように均されました。パソコンだけがかすかなノイズを立てています。

　さてこれから？　もちろん詩作です。詩人の本分はやはり詩を書くことにあるわけですから。金子光晴を読んだことが私の詩にどのような変化をもたらすことになるのか、私自身予測はつきませんが、ただの解釈と鑑賞の作業では終わらないだろうという予感もまたたしかです。

　思えば、数年前パリに一年間ほど滞在したとき、私の借りたアパルトマン（六区カトルヴァン通り）と、そのむかし金子光晴が逗留した「小さな部屋貸しホテル」の所在地（トゥールノン通り）とが、目と鼻のさきなのでした。もちろん、たんなる偶然です。でも、不思議な縁のようなものも感じました。「私を読み、私について書き、私を養分とせよ」と促されているような。

　事実その通りとなって、滞在を終える頃にはこの小論のほぼ三分の一ぐらいまで書きすすみ、帰国してからも書き続けましたが、それをどこへどのように発表したらよいものか途方にくれていたところへ、未來社社主西谷能英氏が手を差し延べて下さり、雑誌「未来」への連載という幸運を得ました。第三章「母性棄却を超えて」までがそれにあたります。残りの二章は書き下ろしということになりますけれど、単行本化にあたって雑誌発表部分にも加筆を行ないました。

なお本書は、私にとって二冊目のモノグラフィということになります。一冊目はほぼ十年前、ランボーについてでした。『ランボー・横断する詩学』。ただ、「断片の詩学」というそのキー・コンセプトに合わせて、あろうことか、自身の論述も断片化して構成し直すという遊びを敢行してしまったため、やや常軌を逸した風を呈するにいたりました。その意味では、本書が最初のまともなモノグラフィということになります。金子光晴のアクチュアリティについては、序章で述べた通りです。私は詩作に戻りますが、本書が、詩のみならず広く文学や思想に関心のある読者にも受け入れられることを願ってやみません。

それにしても、『ランボー・横断する詩学』にひきつづき、本書も未來社からの刊行となるのは、これもまた何かの縁でしょうか。いや、私のような、およそ融通の利かない詩人の批評的仕事は、それを寛大な心で受け止めてくれる理解者の存在なくしては成り立たないところがあり、西谷氏との出会いがやはり決定的だったのだと思います。氏の支援と励ましがなければ、いまになってもなお私は途方に暮れていたことでしょう。あらためて深謝の意を表する次第です。また、未來社編集部の中村大吾氏には編集の工程で大変な労を取っていただきました。ありがとうございました。

二〇〇四年春

野村喜和夫

著者略歴

野村喜和夫（のむらきわお）

1951年10月20日埼玉県生まれ。詩人。

詩集——『川萎え』（一風堂、1987）、『反復彷徨』（思潮社、1992）、『特性のない陽のもとに』（同、1993、歴程新鋭賞）、『現代詩文庫141・野村喜和夫詩集』（同、1996）、『草すなわちポエジー』（書肆山田、1996）、『狂気の涼しい種子』（思潮社、1999）、『風の配分』（水声社、1999、高見順賞）、『幸福な物質』（思潮社、2002）、『ニューインスピレーション』（書肆山田、2003、現代詩花椿賞）など。

評論——『ランボー・横断する詩学』（未來社、1993）、『散文センター』（思潮社、1996）、『討議戦後詩』（共著、同、1997）、『21世紀ポエジー計画』（同、2001）など。

編著——『戦後名詩選（Ⅰ）・（Ⅱ）』（思潮社、2001）など。

翻訳——プチフィス『ポール・ヴェルレーヌ』（共訳、筑摩書房、1988）、『海外詩文庫6・ヴェルレーヌ詩集』（思潮社、1995）、『フランス現代詩アンソロジー』（共訳、思潮社、2001）、ユイスマンス『神の植物・神の動物』（八坂書房、2003）など。

金子光晴を読もう

二〇〇四年七月二〇日　初版第一刷発行

定価（本体二二〇〇円＋税）

著者——野村喜和夫

発行者——西谷能英

発行所——株式会社　未來社

〒112-0002 東京都文京区小石川三—七—二

電話 03-3814-5521（代表）

http://www.miraisha.co.jp

info@miraisha.co.jp

振替〇〇一七〇—三—八七三八五

印刷・製本——萩原印刷

ISBN 4-624-60101-7 C0092

（消費税別）

野村喜和夫著
ランボー・横断する詩学
ドゥルーズ＝ガタリの〝リゾーム〟の概念を援用しながら、『イリュミナシオン』のテクスト空間を「女」から「都市」へ、「都市」から「固有名」へと横断する、〝ポップな〟詩学の誕生。二五〇〇円

郷原宏著
詩人の妻
［高村智恵子ノート］高村光太郎の妻にして『智恵子抄』のヒロインである智恵子をひとりの女として捉える視点から、二人の関係史を中心にその生涯を追跡する迫真の長篇評伝。二二〇〇円

安東次男著
［新版］澱河歌の周辺
二〇〇二年に逝去した異色の詩人・評論家の主著を復刊。蕪村、芭蕉、ランボー、ボードレール、ルドンなどを縦横無尽に論じる、安東次男の批評のエッセンス。一九六二年読売文学賞受賞。二八〇〇円

小林康夫・石光泰夫編
文学の言語行為論
さまざまな文学テクストの言語行為論的なパフォーマティヴ理論という側面から作家の書く行為をさらけ出してみせる、東京大学表象文化論の俊英たちによる書き下ろし文学方法論。二〇〇〇円

湯浅博雄著
他者と共同体
ランボー、バタイユ、三島由紀夫の思考を手がかりに、〈対－面〉のエロス的共同性と〈天皇制〉という至高性を分析し、充満した自己同一性の裂け目に生起する他者の様態を模索する。三五〇〇円

Ph・ラクー＝ラバルト著／谷口博史訳
経験としての詩
［ツェラン・ヘルダーリン・ハイデガー］アウシュヴィッツ以後詩作することは可能か。戦後ヨーロッパの代表的詩人ツェランの後期詩篇から複数の声を聴きとる哲学的エッセイ。二九〇〇円